Angelika Weimer

Brandherde

Impressum

© Zodiac Verlag © Angelika Weimer

2024
Deutsche Ausgabe

Bibliografische Information der Deutschen Nationalbibliothek:

Die Deutsche Nationalbibliothek verzeichnet diese Publikation in der Deutschen Nationalbibliografie; detaillierte bibliografische Daten sind im Internet über http://dnb.d-nb.de abrufbar.

Created by Zodiac Verlag
Coverbild: Angelika Weimer
Covergestaltung: Esther S. Schmidt
Lektorat / Layout: Simone Weber

ISBN: 978-3-911085-02-1

Zodiac Verlag
Broicher Straße 130
52146 Würselen
www.zodiac-verlag.com

Angelika Weimer

Brandherde

Inhaltsverzeichnis:

Brandherde..7

Der Friedhof..15

Die Zeitung..26

Die Brandmeldung..29

Else und Heinz Rosenberger..35

Vermutungen..44

Krauses Traum..50

Im Haus..52

Paul Brauneis, Busfahrer der Linie 4...............56

Pasteka, Igor..64

Harry Grünspan..73

Else Rosenberger..78

Horst, Gastwirt Zum Schnellen Bruno............93

Brandherde

Jemand hatte Feuer gelegt, das war bewiesen.

Der Wind trieb die gräuliche Fahne vor sich her bis ans andere Ende der Straße, durch die geöffneten Fenster des Gastraumes, an dessen Tresen der einzige Gast saß, eine junge Frau.

»Es brennt«, sagte der Wirt, ohne sie anzuschauen. Er polierte das letzte Weinglas und stellte es in die lange Reihe der Gläser. Mit seinem Geschirrtuch versuchte er, den brenzligen Geruch aus dem geöffneten Fenster zu treiben, als wäre er ein Schwarm lästiger Fliegen.

»Gehen wir«, sagte er.

Es geschah am dritten Tag.

Das könnte der Beginn eines Märchens sein. Vorsicht. Das Nacherzählen hat seinen eigenen Sound, den Zwischentönen eine große Achtsamkeit zukommen zu lassen, ist ratsam.

Wer die Wahrheit will, sollte nicht Achterbahnfahren. Wer den Kopf in den Fahrtwind hält, weil er die größtmögliche Spannung erhofft, verwandelt Vermutungen und Fakten zu einem unkenntlichen Brei.

Für die Vogelperspektive hat das keine Bedeutung. Von oben betrachtet ist alles in Ordnung. Und aus der Nähe?

Drei Tage Regen.

Einer von der sanften Art, einer, der es zuließ, sich ohne Schirm zwischen den einzelnen Tropfen zu bewegen. Die Schönwetterlage hatte sich verzogen, als hätte sie genug vom Gejammer der Leute. Zu heiß, zu schwül, zu trocken für diese Jahreszeit. Aus allen vier Himmelsrichtungen waren dunkle Wolkenfetzen aufeinander zu getrieben, bis das makellose Hellblau verschwunden war. Die himmlische Gießkanne war gefüllt. Endlich Regen.

Ein kurzer, heftiger Guss fiel auf den ausgetrockneten Rasen. Schon hatten sie den Fluss ansteigen und die Keller volllaufen sehen. Das Wort »nicht normal« war bereit, sein Versteck unter der Zunge aufzugeben, denn es hatte Übung darin, beim geringsten Anlass über die leicht geöffneten Lippen in die Freiheit zu schlüpfen. Und ehe sie ihre Schirme aufspannen konnten, war es vorbei. Die Tülle der himmlischen Gießkanne war verstopft, so schien es. Was dann folgte, war ein Regen, der seinen Namen nicht verdient. Ein langweiliges Getropfe, bei dem die einzelnen Tropfen im freien Fall lange brauchten, bis sie auf dem Glas des Fensters ankamen und an ihm im Zeitlupentempo herunterrutschten. Dann kam lange nichts. Sie zu zählen war kein Problem. Eins, zwei, drei. Zu wenig für einen aufgespannten Schirm, doch genug, ihn sicherheitshalber über den Arm zu hängen. Drei Tage dieses Getropfe gehen auf die Nerven, sei nicht normal, sagten sie.

Warum die Leute ständig über das Wetter reden? Es gibt viel her, ein offenes Feld, das jeder auf seine Weise beackert. Als Einstieg in ein unverbindliches Gespräch, bis man zum eigentlichen Kern vorstößt, das Messer aus der Tasche hervorholt, um mit seiner Spitze den Nachbarn aufzuspießen wie einen seltenen Käfer. Haben Sie gewusst? Wie gut, dass es ihn gibt, den Sündenbock am Himmel, der verantwortlich ist für die Migräne und für die Faust, die zornig auf den Tisch schlägt oder sonst wo hin.

Drei Tage Regen.

Einer von der sanften Art. Einer, der es zuließ, sich ohne Schirm zwischen den einzelnen Tropfen zu bewegen. Weder der kurze Guss aus voller Kanne, noch das drei Tage lange Getropfe hätten ihn verhindern können, den Brand im letzten Haus, in einer Straße, wo jeder jeden kennt, wo einer für den anderen da ist, zu jeder Zeit. »Gemeinsam durch Dick und Dünn«, das hatten sie sich geschworen, als sie ihre neugebauten Häuser in jener Straße bezogen, an deren Ende die Bruchbude vom Kasunke stand, ein Schandfleck, ein Dorn im Auge, von Anfang an. Das kniehohe Gras im Vorgarten, aus dem leere Bierflaschen zu wachsen schienen, der bröckelnde Putz von der Hausfassade waren eine Zumutung, wie das wuchernde Unkraut auf dem Gehweg, das ihnen den Abendspaziergang verdarb.

Ich sehe sie vor mir, wie sie die Geschwindigkeit drosseln und stehen bleiben, sich die Nase putzen, während ihre Blicke die vergilbten Vorhänge durchdringen. »Gestern hingen sie irgendwie anders.« Das war wohl ein Wunsch, aber ganz sicher eine Vermutung, die ausreichte, die Wetterkarte abzulösen. Den abendlichen Spaziergang in die entgegengesetzte Richtung zu verlegen, kam nicht infrage. Das Diktat der Neugierde stritten sie ab. Sich um ein unbewohntes Haus zu sorgen, war Bürgerpflicht.

Es war dieser dritte Regentag, als das Feuer ausbrach, von dem die Zeitung schrieb, es sei ein Inferno gewesen, was so nicht stimmte. Es war ein Schwelbrand, der von innen kam. Das war Fakt. Die Vorstellung einer lodernden

Flamme, deren leuchtend gelbe Zunge sich über die Gardinen hermacht und das ganze Dreckshaus verschlingt, war hinter verschlossenen Türen geboren worden.

Den genauen Zeitpunkt des Ausbruchs zu bestimmen war ihnen nicht möglich. Ein fadenscheiniger Rauch, der sich heimtückisch durch das Loch einer Scheibe schlängelt, ist leicht zu übersehen.

Den Aktionen der Brandlöscher gaben sie eine schlechte Note, oder wie soll man es nennen, wenn aus einem Wasserschlauch lange nichts kommt. Der Befehl des Feuerwehrmannes: »Wasser marsch!«, hatte keine Wirkung, der Wasserschlauch, den er in den verwahrlosten Vorgarten hielt, war schlaff. Dann kam der erste Schwall, danach war Pause, dann der zweite. Es habe sich wie ein Würgen angehört, das von zuckenden Bewegungen des Schlauches begleitet wurde. Ein Kaninchen im Schlund einer Schlange. Kein vor und kein zurück. Und endlich der erste vernünftige Strahl. Der blieb.

Er traf das ausgefranste Loch der vierten Fensterscheibe exakt.

Und dann öffnete sich ein Fenster im ersten Stock. Ein Feuerwehrmann rief seinen Kollegen das Wort »Brandstiftung« zu. Die Ungeheuerlichkeit dieses Wortes hatte das Gewicht eines frisch bepflanzten Blumenkübels und fiel den zuschauenden Nachbarn direkt vor die Füße. Ob sie sich danach bückten? Sie schauten in den Himmel. Drei Tagen Regen, und so weiter und so fort. Das war der Brand, der in vier Räumen gleichzeitig schwelte, jeder für sich alleine, aus dem ein richtiges Feuer hätte werden können, eines von der Sorte, das sich nicht feige hinter dem Rauch versteckt, sondern eines, das mit seinem Atem wie ein feuerspeiender Drache das Haus verschlungen hätte. Das Wort »Brandstiftung« machte die Zuschauer stumm. Sie schauten in den Himmel, als wäre der Täter dort zu finden. Das warme Rot, das aus ihrem Hemdkragen den Hals hinaufschlich und sich in den Haaren verkroch, war verdächtig.

Was bringt ein Brandgeruch in der Nase, wenn sich Sätze in der Warteschleife gemütlich räkeln und die Langeweile Einzug hält. Etwas Öl ins Feuer zu gießen ist verboten. Der feuerspeiende Drache bleibt, wo er ist.

Die Rolle rückwärts wird verlangt. Es ist meine Rolle, die das verlangt, die mich ohne Vorsatz auf den Friedhof in Wölfershain führte.

Der Friedhof

Friedhöfe sind friedliche Orte, im Allgemeinen. Ihre Anziehungskraft auf mich ist unbestritten. Zwischen den Gräbern eines Friedhofs zu wandeln, ist eine alte Gewohnheit. Was ich davon habe, die Toten zu besuchen?

Ich könnte sagen: Keiner darf in Vergessenheit geraten, oder: Die Stille dieses Ortes verschafft mir Entspannung.

Ganz ehrlich muss ich gestehen, das Gefälle bringt mich in Fahrt, die da unten, die sich nicht mehr rühren und ich da oben, der aufrecht auf beiden Beinen steht.

Alleine das Knarzen des Eingangstores ist Musik in meinen Ohren.

Warum das so ist?

Ich weiß es nicht wirklich.

Die Antwort auf meine Frage nach dem Weg dorthin gibt ein ausgestreckter Finger. Geradeaus, dann rechts und wieder rechts. Das Tor schließen nicht vergessen. Als würden die

Toten davonlaufen. Als wüssten sie nicht, dass ihr Lebensplatz besetzt ist.

Ich laufe an der Außenmauer des Friedhofs entlang.

Ein rhythmisches blechernes Scheppern biegt um die Ecke.

Eine alte Frau schiebt ihr Fahrrad vor sich her, an dessen Lenkstange eine Gießkanne hängt. Auf dem Gepäckträger ist ein Strauß Astern eingeklemmt. Eine davon hat sich in die Radspeichen verirrt. Ich könnte sie darauf aufmerksam machen. Meine Unentschlossenheit hat kein Gewicht. Es ist nur eine Blume, die sich nicht mehr ähnlichsieht, ihr Stängel flattert hilflos zwischen den Speichen.

Das Öffnen und Schließen der rostigen Eisentür ist für mich ein feierlicher Akt. Warum das so ist, weiß ich nicht. Ich laufe den Kiesweg zwischen blühenden Sträuchern entlang und begegne einer alten Frau. Sie ist dabei die entsorgten Trauerschleifen aus der Abfalltonne zu ziehen, sie zu glätten, die Namen der Verstorbenen und Hinterbliebenen laut vor sich hinzumurmeln, als könne sie damit die Toten zum Leben erwecken.

Als ich an ihr vorbeilaufen will, versperrt sie mir den Weg. »Wo warst du die ganze Zeit, Richard?«

Richard? »Mein Name ist Robert«, sage ich zu ihr und erkenne an ihrem verwirrten Blick, dass der Sinn meiner Antwort sie nicht erreicht.

»Komm, lass uns gehen, Richard. Um zwölf wird der Friedhof geschlossen, da gehen alle Mittagessen.« Ihre Hand, die meinen Ärmel fest im Griff hat, kann ich nur mühsam lösen.

»Mein Name ist Robert«, sage ich zu ihr. »Robert. Robert.«

Hat sie begriffen? Sie wendet sich von mir ab und läuft mit schnellen Schritten dem Ausgang zu. Als ich ihr hinterhersehe, bemerke ich ihre unterschiedlichen Strümpfe, von denen einer schwarz und der andere braun ist. Als mit lautem Scheppern das Tor ins Schloss fällt, bin ich erleichtert, drehe den tropfenden Wasserhahn zu, betrachte die verwelkten Blumen, die sich vor der vollen Abfalltonne türmen und verspüre den Wunsch, den angeketteten Privatgießkannen die Freiheit zu geben.

Meine Wanderung zwischen den Gräbern beginnt.

Ich treffe auf Richard. Richard Czernak, geboren 1940, gestorben 1982. Ruhe in Frieden. Der makellose Marmorstein verströmt den intensiven Geruch eines Reinigungsmittels. Ein steinerner Engel mit ausgebreiteten Flügeln schaut von ihm herab auf einen bunten Teppich geköpfter Blumen, in dessen Mitte eine brennende Kerze steht.

Ich suche eine Bank und entscheide mich für die erste, die mir ins Auge fällt. Warum diese und keine andere? Ich frage mich im Nachhinein, ob dieser spontane Besuch eines fremden Friedhofs die Absicht des Schicksals war. Die Bank ist optimal, versteckt hinter blühenden Büschen kann ich in aller Ruhe meine Gedanken nachhängen. Eine Grabschändung am helllichten Tag kommt nicht darin vor.

Dann das Geräusch, das meine Ruhe stört. Es ist das rostige Quietschen des alten Friedhofstores. Jemand kommt. Die Alte, um eine zweite Kerze auf Richards Grab zu stellen, oder den Marmorstein erneut zu putzen? Die Schritte sind jünger. Rasche, helle Töne auf dem gepflasterten Hauptweg.

Ein leises Gemurmel kleiner Steinchen auf dem Kiesweg. Schließlich das dumpfe Echo erdiger Gänge zwischen den Gräbern. Ich biege die Zweige des Strauches auseinander. In seinen Lücken tummeln sich Farben: Blau, Gelb, Schwarz, Braun. Die Farben laufen an meinem Strauch vorbei. Ich vergrößere die Lücke. Das Mosaik der Farben bekommt Kontur. Ein brauner Rock, die Bluse gelb. Lang und lockig fallen schwarze Haare auf eine blaue Strickjacke. Sie ist jünger als dreißig, vermute ich.

Sie läuft zur Wasserstelle.

Sie will ein Grab gießen, was sonst. Ich höre Wasser plätschern, in das sich ein Stöhnen mischt. Die Jacke bis zu den Ellenbogen hochgeschoben, lässt sie Wasser über Unterarme und Hände laufen. Dann schüttelt sie das Wasser von den Händen und betrachtet sie lange. Sind das Brandblasen? Was ist passiert?

Das geht mich nichts an, denke ich und schließe die Lücken im Strauch. Ich lehne mich entspannt auf der Bank zurück und versuche, meinen letzten Gedanken wiederzufinden, was mir nicht gelingt.

Etwas zieht mich in die Höhe, als hätte sich ein Angelhaken in meinem Kragen verfangen. Sie ist aus meinem Blickfeld verschwunden.

Ich erhebe mich von der Bank und finde sie wieder, sehe das Schwarz ihrer Haare zwischen den Gräbern auftauchen.

Die Deckung der Grabsteine nutzend, schleiche ich ihr mit angehaltenem Atem hinterher wie ein Dieb.

Plötzlich scheint sie angekommen. Sie bleibt vor einem verwahrlosten Grab stehen, von dem die Leute sagen würden: »Da kümmert sich keiner.«

Es hat schon lange keinen Besucher mehr gesehen, das ist Fakt. Eine ungezügelte Natur hat sich über das Grab hergemacht. Der graue Grabstein, einem ausgebrochenen Stück Felsen ähnlich, ist von Vogelkot übersät. Der Samen einer Buche ist zwischen den wuchernden Grasbüscheln gut gediehen. Seine zarten Ableger teilen sich den spärlichen Platz mit einem Maulwurfhügel, auf den die junge Frau starrt, als warte sie auf dessen Bewohner oder sonst wen. Plötzlich stemmt sie ihr Bein gegen den Stein. Es sieht aus, als hätte sie die ganze Kraft ihres Körpers in den Tritt hineingelegt, sie tritt zu, wieder und wieder. Ihre Hände helfen mit. Drei Schläge. Vielleicht ins Gesicht, auf die Brust, einen Tritt in die Hoden. Das ist die blanke Wut, denke ich, da rupft jemand ein Hühnchen. Eine freundliche Einleitung wäre nicht schlecht. Kennen wir uns? Sind sie nicht die Enkelin von …? Während ich damit beschäftigt bin, mich für einen der zwei Sätze zu entscheiden, sagt mein Gefühl: »Warte.« Sie läuft um das Grab herum, zwei oder drei Mal.

Führt sie Selbstgespräche? An meinen Ohren kommt nichts an. Dann hält sie inne. Mir kommt es vor, als sei die Friedhofstille noch nie so still gewesen. Kein Blatt am Baum scheint sich zu bewegen, kein Vogel macht nur einen Piep, und gleichzeitig fühle ich eine Reglosigkeit in meinen Gliedern und eine Feuchtigkeit in meinen Handflächen. Dann öffnet sie ihre Tasche und nimmt eine Flasche heraus. Das Licht der Mittagssonne durchleuchtet den Inhalt. Die Flüssigkeit darin ist rot. »Auf dein Wohl«, sagt sie und wendet sich dem Grabstein zu. Doch sie trinkt nicht. Stattdessen erlebe ich aus sicherer Entfernung ein Szenario, dass mich überrascht, weil meine Phantasie schon längst erschöpft ist. Sie gießt den Inhalt der Flasche über den Stein. Es ist Farbe, die in zähflüssigen Bächen langsam herabläuft. Das ist Grabschändung oder nennt man es Vandalismus? Ein Hühnchen mit Jemanden zu rupfen ist privat. Grabschändung ist ein Tatbestand. Wo kämen wir hin, wenn jeder seinen Lebensfrust an einem unschuldigen Grabstein austobt? Es ist meine Pflicht, ihr das zu sagen, und ich schlurfe mit Absicht geräuschvoll über den Kies. Sie sieht mir ruhig entgegen. Ich bin irritiert, es scheint, als hätte sie mich beobachtet und nicht umgekehrt. Als sie dann noch sagt: »Kennen wir uns?«, sind die Rollen getauscht.

Es ist, als hätte das Wort »Grabschändung« seine Bedeutung verloren. Stattdessen antworte ich wie ein schüchterner Erstklässler: »Ich heiße Robert.« Das einzige, zu dem ich fähig bin, ist, mit ausgestrecktem Zeigefinger auf den Grabstein zu deuten. Die rote Farbe hat die Inschrift des Steins unkenntlich gemacht. Sie klärt mich auf: »Der hier mit dem Maulwurf den Platz teilt, ist Alfons Kasunke, geboren 1915, gestorben 1994.«

Ich betrachte ihre Hände und atme den Geruch frischer Farbe ein. Als sie sich nach ihrer Tasche bückt, fällt das Licht auf ihren Haaransatz, wo sich das Rot gegen das gefärbte Schwarz durchgesetzt hat. Ich will ihr sagen: Ein Grab zu verwüsten ist eine Straftat. Ich will ihr sagen: Brandblasen müssen behandelt werden.

Nichts sage ich, es ist, als hätte ein Wind die Sätze aus meinem Kopf geweht.

Sie hat es plötzlich eilig, lässt mich einfach stehen, wie die leere Farbflasche auf dem Maulwurfhügel. Das Szenario ist beendet. »Schachmatt«, denke ich und lausche ihren verhallenden Schritten, dem dumpfen Echo erdiger Gänge, dem leisen Gemurmel kleiner Steine, den hellen Tönen ihrer Absätze auf dem gepflasterten Hauptweg.

Das Geräusch des rostigen Friedhofstores bleibt aus. Warum ich der Grabeinfassung wütend einen Tritt verpasse, weiß ich nicht. Das Nachbargrab ist mir ein Trost. Dunkelrot blühen die Geranien in frisch gelockerter Erde und spiegeln sich in der glänzenden Oberfläche des schwarzen Marmors.

Ich trete den Rückweg an.

Am Tor angekommen, werfe ich einen Blick zurück. Alles ist wie vorher. Über dem Friedhof liegt die gewohnte Stille, kein Blatt bewegt sich an den Ästen, kein Piep eines Vogels ist zu hören.

Nur das mulmige Gefühl in meinem Magen rumort vor sich hin.

Die Zeitung

Das sonderbare Erlebnis auf dem Friedhof, das mir ein mulmiges Gefühl in der Magengegend verschafft hatte, geriet immer mehr in Vergessenheit, bis auf einen kleinen Rest, den ich in ein Taschentuch wickelte und in meiner Schublade schlafen legte. Doch ich hatte die Hartnäckigkeit der Erinnerung unterschätzt. Wie ein aus dem Hut gezaubertes Kaninchen war sie da. Hellwach zogen die Bilder an meinem inneren Auge vorbei, als sei es gestern gewesen. Der Friedhof, die Alte und Anna. Das Schälen eines Apfels bringt alles ins Rollen. Während das Messer auf dem Apfel seine Runden dreht, ich entspannt der Schale zusehe, die sich wie ein Band vom Apfel löst und auf ein altes Stück Zeitung fällt, wird mein Blick magisch von einem Zeitungsartikel angezogen, der mir spontan die Ruhe nimmt und meinem Herzschlag die Sporen gibt. Zufall oder Schicksal?

Der Zeitungsartikel ist eingepfercht auf engstem Raum zwischen Beweihräucherungen kommunaler Politiker und der Exekution zahlreicher Hühner durch einen Marder und ist leicht zu übersehen.

Wölfershain, 19. April. Brandstiftung im Wendehammer des Ortes Wölfershain. Aus noch ungeklärten Gründen brannte ein sieben Jahre lang unbewohntes Haus bis auf die Grundmauern nieder. Dank sofortiger Reaktion der Anwohner konnte Schlimmeres verhindert werden. Anna Kasunke, die Tochter des verstorbenen Hauseigentümers Alfred Kasunke, ist unbekannt verzogen. Um Hilfe bei der Suche nach ihrem Aufenthaltsort wird gebeten.

Was geht mich ein Brand in Wölfershain an? Doch die Erinnerung sieht das anders. Die Schublade, in der ein kleiner Rest davon im Dunkeln vor sich hindämmert, hat sich geöffnet und wie eine Fata Morgana erscheinen mir Annas Brandblasen übergroß in vollem Licht. Eine Fata Morgana ist wie Falschgeld mit hohem Risiko. Ich muss die Fantasie anhalten, die mit den Fakten Achterbahn fährt, wie es ihr gefällt, und frage mich ein zweites Mal, was geht mich dieses Ereignis an? Doch es ist zu spät. Ein Brandgeruch hat sich in meiner Nase eingenistet, der mich zwingt, in meiner Wohnung nach dem Rechten zu sehen. Kann sich ein Brandgeruch in der Nase dauerhaft ein Plätzchen suchen? Das Gefühl, wie ein hilfloser Wurm an einem Angelhaken zu hängen, werde ich nicht mehr los. Ich habe Anna Kasunke auf dem Friedhof gesehen, das ist Fakt, auch das Protokoll des Brandmeisters gehört dazu.

Das Schriftstück einsehen zu dürfen ist ein Glücksfall. Dass ich von der Zeitung käme, braucht keinen Beweis.

Die Brandmeldung

Am 11. Sept. 2001, um 20.20 Uhr, wurde von der Leitstelle in Reinheim eine Brandmeldung entgegengenommen.

20.30 Uhr Ausrücken des Fahrzeuges Nr. 3.

20.40 Uhr Ankunft im Wendehammer.

Personalien von sechs Bewohnern der Straße aufgenommen. Feststellung eines Schwelbrandes gleichzeitig in vier Räumen, was eine Brandstiftung vermuten lässt. Die vier Brandherde konnten innerhalb von 20 min. gelöscht werden. Die offenstehende Hintertür untermauert die Vermutung der Brandstiftung.

Hauseigentümer Alfred Kasunke vor sieben Jahren verstorben. Seitdem Leerstand des Hauses. Die einzige Erbin, Tochter Anna, ist unbekannt verzogen.

Laut Zeugenaussage der direkten Nachbarin: In der Nacht davor habe sie vier Mal klirrendes Glas gehört.

Protokollführer: Brandmeister: Alfons Struhl

Das Protokoll in der Jackentasche zieht es mich in den Wendehammer.

Auf dem Weg dorthin, laufe ich an neugebauten Reihenhäusern vorbei, die sich gleichen wie ein Ei dem anderen. Ihr Hausfassaden sind von makellosem Weiß, das sich wiederfindet auf den Eingangstüren und den Holzlatten der kniehohen Gartenzäune. Die Briefkästen sind einheitlich blau. Auf kurzgeschnittenem Rasen, dessen messerscharfe Kanten die Marmorplatten exakt berühren, hat eine besondere Tierwelt ihr Zuhause. Sie ist aus rostigem Blech, buntem Plastik, Keramik und garantiert wasserfest. Kasunkes Haus fällt von weitem ins Auge, weil es anders ist. Auf dem Weg dorthin befühle ich den Inhalt meiner Jackentasche. Das Stück Papier mit einer Skizze befindet sich noch darin. Angeregt von dem Artikel, unternahm ich den sinnlosen Versuch einer Familienaufstellung. Vater, Mutter, Kind. Ich bin gespannt, was mich erwartet.

Für meinen Besuch im Wendehammer wähle ich einen Samstag, in der Hoffnung, viele

Anwohner anzutreffen, und ich frage mich, ob ich zu Beginn nicht vorsichtig genug war. Der Vorwand, ein beschädigtes Haus kaufen zu wollen, ist ihnen suspekt.

Nur löffelweise verteilen sie das aufgewärmte Süppchen an mich. Warum dieses kleinliche Geklecker? Es gäbe nichts zu erzählen, und während sie das sagen, höre ich, wie es in den heimischen Töpfen brodelt und der Dampf die Deckel hebt. Weshalb die einzige Erbin Anna Kasunke nicht auffindbar ist, scheint sie nicht zu interessieren. Nur ihre zur Erde gerichteten Daumen sprechen Bände und beflügeln meine Vermutung. Eine normale Familiengeschichte ist ausgeschlossen.

»Drei Tage Regen.« Das erzählen sie. »Einer von der sanften Art, einer, der es zuließ, sich ohne Schirm zwischen den einzelnen Tropfen zu bewegen. Die Schönwetterlage hatte sich verzogen, als hätte sie genug vom Gejammer der Leute. Zu heiß, zu schwül, zu trocken für diese Jahreszeit. Aus allen vier Himmels-richtungen waren dunkle Wolkenfetzen aufeinander zu getrieben und hatten das Blau geschluckt. Was folgte, war ein drei Tage langes Getropfe vom Himmel, das auf das Haus fiel, in dem seit sieben Jahren niemand wohnte, das mit jedem Jahr mehr zum Schandfleck wurde. Auch ein heftiger Regenguss hätte nichts ausrichten können. Nicht bei diesem Feuer. Es kam aus dem Inneren, das war bewiesen.«

So war es gewesen. Der abendliche Spaziergang an Kasunkes Haus vorbei war Tradition.

Ihn in die entgegengesetzte Richtung zu machen, wäre eine Möglichkeit gewesen. Doch die Lust auf das Kribbeln in der Magengegend schien ungebrochen. So liefen sie über den Gehsteig, dessen roter Sandstein das einzige Zugeständnis von Kasunke war, sich der neu gebauten Straße anzuschließen. Schläfrig setzten sie einen Fuß vor den anderen, blieben vor dem Haus stehen, um sich die Nase zu putzen, während ihre Augen die vergilbten Vorhänge durchbohrten. Manchmal sagte einer, sie hingen irgendwie anders. Das war wohl ein Wunsch, aber ganz sicher eine Vermutung, die groß genug gewesen war, die Wetterkarte zu ersetzen.

Warum die Leute ständig über das Wetter reden? Es gibt viel her, ein offenes Feld, das jeder auf seine Weise beackert. Als Einstieg in ein Gespräch, bis man zum eigentlichen Kern vorstößt, bis das Messer aufklappt, das den Nachbarn aus dem ersten Haus aufspießt wie einen seltenen Käfer. Und über allen Wettervarianten hängt der eigentliche Grund. Die Suche nach dem Sündenbock, der die Schuld trägt an der Migräne, dem Schlag mit der flachen Hand auf den harten Tisch oder etwas Weiches. Sie lieben es, am Zipfel der Wiederholungsschleife zu hängen und gebetsmühlenartig über das Wetter zu reden.

Sich über Zeitungsenten zu beklagen, die panisch mit den Flügeln schlagen und einem langweiligen Feuer eine dramatische Wende geben, bringt nichts. Kasunkes Haus steht unversehrt wie ein Fels in der Brandung, bis auf ein paar schwarze Spuren auf dem Außenputz.

Ich stehe davor und höre das Papier des Protokolls in meiner Jackentasche knistern und fühle eine Art Sicherheit, ähnlich einem wasserfesten Alibi, das meinen Nachforschungen den Freibrief gibt.

Im Nachbarhaus zu beginnen, ist naheliegend.

Else und Heinz Rosenberger

Vorsichtig bahne ich mir den Weg die Stufen hoch zur Klingel. Es ist gespenstisch. Obwohl es windstill ist, beginnen die bunten Plastiktiere am Stufenrand zu winken und mit den Köpfen zu wackeln.

Noch ehe ich meinen Finger von der Klingel nehme, öffnet sich die Tür einen Spalt. Der Ausschnitt von Else Rosenbergers Gesicht erscheint. Ich stelle mich vor und frage nach Anna Kasunke. Sie zögert, die Tür ganz zu öffnen. Ich verstehe. Ich muss behutsam sein. Dann stehen wir in der Küche und schweigen uns an, bis es aus ihr herausfließt, sich ohne Pause ein Satz an den anderen reiht.

»Anna Kasunke ist verschwunden, nachdem der Alte unter der Erde war. Kein Wort des Abschieds hatte sie für uns und obwohl es sieben Jahre her ist, erinnere ich mich genau an diesen Sommertag, dessen Temperatur unerträglich war. Ich war dabei, die Tomatenstöcke festzubinden, als sich zum letzten Mal der Haustürschlüssel im Nachbarhaus geräuschvoll drehte, nach links und noch mal nach links.«

Danach habe sich eine unheimliche Stille über das Haus gelegt. »Unheimlich« sei das richtige Wort für dieses Gefühl, das sie beschlichen habe oder wie soll man es nennen, wenn bei 25 Grad im Schatten ein kalter Schauer über den Rücken läuft. »Und unerwartet hat sich der Himmel verdunkelt, das war gespenstisch.«

Angewidert legt sie ihre Stirn in Falten und sucht dabei bekräftigend die Decke ihrer Küche nach drohenden Wolken ab. Sie packt mich am Ärmel und zieht mich zum Küchenfenster. Sie zieht die Scheibengardinen zur Seite und wir schauen gemeinsam hinüber zum Haus, dessen zerbröselte Hauswand schwarze Rauchspuren zeigt. Sie sagt kein Wort, bis ich mich räuspere, was ihren Redefluss neu entfacht.

»Ich war dabei, das Geschirr vom Abendessen in der Spülmaschine zu verstauen, danach öffnete ich das Fenster.« Als fürchte sie, ich sei mit dieser Reihenfolge überfordert, klopfte sie erst auf die Maschine und anschließend gegen den Fensterrahmen.

»Durch das Fenster kam Brandgeruch.« Zur Bekräftigung schließt sie ihre Augen und zieht die Luft geräuschvoll durch ihre Nase. »Mein Mann glaubte mir nicht. Seine Bemerkung dazu: ›Du riechst einen Furz im Dunkeln. Siehst du ein Feuer oder eine Rauchsäule am Himmel? Da ist nichts.‹ Ich habe seine Stimme noch im Ohr. Wie konnte ich ihm glauben, wie konnte ich meiner Nase misstrauen, die den schwefligen Geruch eines Streichholzkopfes in der Schachtel schon von weitem riecht?«

Während sie das sagt, beobachte ich eine Fliege, die auf der glänzenden Oberfläche der Küchenzeile herumtorkelt, als sei sie in ein Bierglas gefallen. Sie bietet mir einen Hocker an, den sie unter dem Küchentisch hervorzieht, und wischt mit der Hand die unsichtbaren Krümel fort. Ich setze mich.

Da sitzen wir uns gegenüber, auf dem Gipfel einer momentanen Vertrautheit. Die

Gelegenheit ist günstig, denke ich und berühre ihre Hand, was sie erschreckt. Sie läuft zum Kühlschrank, als wäre der leibhaftige Teufel hinter ihr her.

»Ein Glas Wasser?«

»Guten Appetit« steht auf der weißen Papierserviette, auf die sie das Glas stellt. Während ich damit beschäftigt bin, die beste Stelle des Glasrandes zu finden, erzählt sie weiter.

»Ich hatte vergessen, das Küchenfenster zu schließen und als ich das nachhole, fällt mein Blick erneut zum Nachbarhaus und ich sehe, wie sich ein Rauchfaden aus einem Loch der Fensterscheibe schlängelt. Ich lief auf die Straße und schrie: Feuer, Feuer.«

Das Geräusch der herunterfahrenden Rollläden in der Straße sei fast einstimmig gewesen. Als sie mir das erzählt, hält sie sich beide Ohren zu und ich sehe die Anwohner vor mir, wie sie aus ihren Häusern kommen und endlich einen Grund haben, dem Haus offen ins Gesicht zu sehen.

Einen Rauchfaden zu beobachten, der sich durch das Loch der Scheibe seinen Weg nach draußen bahnt, ist spannender, als heimlich den Spalt zwischen den Gardinen zu prüfen, was sich nun erübrigte, weil es nur noch versengte Fetzen waren.

Das dreimalige Ziehen der Toilettenspülung kündigt ihren Ehemann an.

Das Laufen eines Wasserhahnes bleibt aus, sodass ich seine Hand zum Gruß übersehe. Bei seinem Eintreten versiegt der Redefluss seiner Frau abrupt.

Sie deutet auf seinen Hosenschlitz, aus dem der Zipfel seines Hemdes heraushängt, was ihn nicht stört.

»Neben der Bruchbude vom alten Kasunke ein Haus zu beziehen, war nicht unser Traum«, sagte er. »Wir waren unschlüssig. Aber es war das letzte in der Häuserreihe, das zum Verkauf anstand.«

»Das ist die Küche«, habe der Makler gesagt und auf die Fliesen gestarrt, als wolle er sie zählen.

»Else und ich starrten durch das Küchenfenster zum Nachbarhaus, das vollkommen marode war. ›Das ist schwer zu ertragen‹, hat meine Frau zu mir gesagt, und es war mir peinlich, dass sie nicht aufhörte, die Augen zu verdrehen und ihren Atem wie ein schnaubendes Pferd durch die Nase zu ziehen. Der Makler hat seinen Blick von den Fliesen auf mich gerichtet, Aug in Aug standen wir uns gegenüber, wie zwei zum Kampf bereite Hähne. Mir war klar, der verstand sein Geschäft, aber ich auch. ›Das Nachbarhaus ist eine Zumutung, der Preis zu hoch.‹ Er hing an der Angel, das spürte ich. Wir haben für einen guten Preis gekauft. Das war am 12. März 1981 um 10.30 Uhr exakt. Er gab uns noch einen Rat. Eine Mauer zum Nachbarhaus zu ziehen, sei eine Möglichkeit, die andere, zu ignorieren, was missfällt und sich an der Schönheit des wuchernden Löwenzahns zu erfreuen. Der blühe dort besonders schön.«

»Für den Mauerbau haben wir einen Antrag gestellt«, sagt Rosenberger, »doch außer dem

Wiehern des Amtsschimmels war nichts zu hören. Das Einschreiben: Wir bedauern, Ihnen mitteilen zu müssen, den Antrag auf Errichten einer Mauer zum Nachbargrundstück des Alfons Kasunke nicht gestatten zu können. Freundlichst. Das städtische Bauamt. Scheiße, dachte ich und nochmal Scheiße. Wir haben uns am Anfang um eine gute Nachbarschaft bemüht. Gemeinsam durch dick und dünn, einer für alle und umgekehrt. Den Kasunke davon zu überzeugen, war sinnlos. Wir müssen uns bekannt machen, das gehört sich so, sagte meine Frau zu mir, obwohl ich der Meinung war, er hätte auch kommen können. Mit einem selbstgebackenen Marmorkuchen und einer Flasche Rotwein standen wir vor seiner Tür. Wir klingelten etliche Male. Umsonst. Der Vorhang hat sich bewegt. Ich schwöre. Meine Frau hatte ausnahmsweise recht. Es war gegen Abend, als Kasunke die Treppe zu seinem Hinterhof hinabstieg und bei jeder Stufe mit seinem Gehstock auf die losen Waschbe-tonplatten klopfte, was für uns die reine

Provokation war. Ob er sich mit den Steinplatten unterhielt? Er spazierte am Maschendrahtzaun entlang, dessen Löcher mit Stacheldraht geflickt waren und unsere Grundstücke trennte. Er isst eine Banane, schiebt sie bis zum Anschlag in seinen Rachen und wirft die Schale über den Zaun. Über unseren Zaun. Er hebt die Hand und grüßt. Unverschämt.

Wir dachten das gleiche: Warum hat das Schwein einen Anzug an, einen gestreiften Anzug aus dem letzten Jahrhundert, dessen Jacke zu eng war für den gewaltigen Oberkörper. Sein Alter war so um die siebzig, hat meine Frau behauptet, was ich so nicht stehen lassen kann. Meine Frau verschätzt sich oft. Kasunke ging zum Holzschuppen. Die Scheibe des winzigen Fensters war innen mit einem dunkelroten Stück Stoff verhängt. ›Der hat was zu verbergen‹, sagte meine Frau. Kasunke öffnete die Tür des Schuppens eine Handbreit, blieb davor stehen und schaute hinein. ›Gib mir das Fernglas.‹ Doch zu sehen war nichts, außer der Vergrößerung seines

Kopfes. Die höckrige Nase, auch das fettige graue Haar, das bis zum Hemdkragen reichte, erinnerte mich. ›Er sieht aus wie dein Vater‹, habe ich zu meiner Frau gesagt, was mir nicht leidtat, weil Ehrlichkeit ganz oben steht.«

Warum tauscht so einer seinen Trainingsanzug gegen einen Anzug aus? Beobachten, kontrollieren, das ist ihr Ding. Einer für alle und umgekehrt. Die Faszination eines Hausbrandes ist für Zuschauer unbestritten. Der Gehweg vor Kasunkes Haus war breit genug. Es fiel das Wort »Abrissbirne«, die das Haus zerschlägt, bis kein Stein mehr auf dem anderen liegt. Das Wort fiel leise hinter vorgehaltener Hand, damit keine Silbe davon nach außen schlüpft.

Vermutungen

Aus verschiedenen Berichten habe ich mir den Hergang des Brandes so zusammengereimt.

Für den Wirt vom »Schnellen Bruno« und seinem einzigen Gast, eine junge Frau, hatte das keine Bedeutung. Sie beobachteten das Geschehen aus der Ferne. »Lass uns gehen«, sagte er und zog sie fort.

Der Fahrer des Busses, dessen Fahrt im Wendehammer zu Ende ist, stand mit verschränkten Armen an seine Bustür gelehnt und sah in den Himmel, aus dem es den dritten Tag langweilig tröpfelte.

Was von oben kommt, ist zu wenig, rief er den Leuten zu, die er alle kannte, weil er die Linie seit zwanzig Jahren fuhr.

Es war ihnen recht, dass er die Feuerwehr informierte. So konnten sie in Ruhe den Rauch beobachten. Die Sirene der Feuerwehr war von Weitem zu hören, was den Nachbar Rosenberger nicht auf die Straße lockte, die

Fensterbank war nah genug. Unbeeindruckt wendete er das bestickte Sofakissen und spießte seine rauen Ellenbogen hinein. Seiner Frau hätte es ein Frösteln verschafft. Durch Mark und Bein sei es gegangen, das Tatütata, das sie an ihre Kindheit erinnerte, in der ihr kleiner Bruder in einer Wiese Feuer legte. Dem monotonen Geschrei aus der Blechmuschel folgte viel Rot. Erst ein Fetzen davon, zwischen den Bäumen in der Kurve, dann in voller Pracht, geputzt und gewienert fuhr das Feuerwehrauto an dem Gasthaus vorbei. Im Wendehammer angekommen, stiegen vier Feuerwehrmänner aus. Einer sah sich die Pfütze auf dem Gehweg an und dann den leeren Wassereimer in der Hand des alten Mannes aus Haus Nummer 12. »Sind sie der Besitzer des Hauses?« »Nein«, antwortete seine Frau. »Der Besitzer hieß Kasunke. Wir heißen Krause, Gott sei Dank.« »Wo kann man den Kasunke erreichen?« Und alle, die da umherstanden, sahen in den Himmel, während ihre Daumen zur Erde zeigten.

Er fuhr mit seinem Handschuh über das unleserliche Namensschild, als wolle er den Namen Kasunke frei rubbeln. Was zum Vorschein kam, war ein a und ein u, mehr nicht. Inzwischen hatten zwei von ihnen den Schlauch ausgerollt, an den Hydranten angeschlossen, auf dem der Busfahrer oft gesessen hatte, um sein Pausenbrot zu essen. Sie seien beschäftigt, sagten sie zu dem Busfahrer, der ihnen hinterherlief und erzählte, dass in früheren Zeiten bei seiner Ankunft im Erdgeschoss des Kasunke-Hauses der Vorhang auseinander ging und zuerst eine Puppe hinter der Fensterscheibe zu sehen war und dann der Kopf eines kleinen Mädchens mit rotblonden Haaren. Dann habe er sein Kunststück vorgeführt. Aus dem geglätteten Pausenbrotpapier entstand ein Vogel, der durch die Luft flog und im Vorgarten des Hauses landete. Dem Alten gefiel das nicht. »Anna tat mir leid«, sagte der Busfahrer.

Und endlich sprach jemand den Namen Anna aus.

Der Rauch, der sich aus den ausgefransten Löchern der Fensterscheiben drängte, war dabei zu erlahmen. Genauer gesagt, er war aus dem Takt gekommen. Endlich, als hätte jemand Spiritus in das langweilige Geglimme gegossen, erschien eine leuchtend rote Zunge am rechten Fenster und verschlang die Gardine wie ein gefräßiges Tier. »Ein Inferno«, sagten die einen, die anderen einfach nur »endlich«.

»Spuck es aus«, rief der Feuerwehrmann, während er den leblosen Schlauch in den verwahrlosten Vorgarten hielt.

Es kam nichts, dann ein Schwall, dann wieder nichts. Es hörte sich wie ein Würgen an. Endlich der erste Wasserstrahl, der aus dem roten Gezüngel eine schwarze Rauchwolke machte.

Die Gefahr war gebannt. Der zweite Feuerwehrmann nahm eine Brechstange, um die Hintertür des Hauses aufzubrechen, was überflüssig war, denn sie war nur angelehnt. Sein Kopf erschien im schwarz versengten Fensterrahmen. Es waren vier Schwelbrände, rief er seinem Kollegen zu. Jeder Brandherd hätte sein eigenes Süppchen gekocht, auf kleiner Flamme, zur gleichen Zeit. Ein klarer Fall von Brandstiftung.

Dieses ungeheure Wort mit dem Gewicht eines frisch bepflanzten Blumenkübels fiel den Zuschauern krachend vor die Füße.

Ob sich jemand danach bückte?

Sie hatten nur in den Himmel geschaut, als hätte der Täter sich hinter den Wolken versteckt. Bei dem Wort »Brandstiftung« hatte der Rosenberger das Fenster ungewöhnlich leise geschlossen.

Hinter den Gardinen sah er zu, wie die Feuerwehrmänner den Schlauch einrollten und den Zugang zu Kasunkes Vorgarten mit einem roten Band versperrten.

Das war der Schwelbrand, aus dem ein richtiges Feuer hätte werden können, eines von der Sorte, das sich nicht feige hinter dem Rauch versteckt, sondern eines, das mit seinem Atem wie ein feuerspeiender Drache das ganze Haus verschlingt.

Am nächsten Morgen trafen sie sich hinter
der roten Absperrung und rümpften die Nasen.
Der brenzlige Geruch des Schwelbrandes sei
bis in ihre Schlafzimmer gedrungen und habe
ihnen Albträume verschafft.

Krauses Traum

»Schweißnass bin ich aufgewacht«, sagt Krause aus Haus Nummer Zwölf. »Aus dem Schlauch der Feuerwehr kam kein Wasser, nur Feuer.« Als hätte jemand eine Zündschnur gelegt, habe sich das Feuer durch die Straße gefressen, die weißen Häuserfronten mit ihren blauen Briefkästen verschlungen und die einheitlichen Strohgebinde an den Eingangstüren in brennende Fackeln verwandelt. Kein Tropfen Wasser sei aus dem verhangenen Himmel gekommen. »Erzähl weiter«, sagt seine Frau, weil der Traum unvollständig war. »Ein schwarzer Vogel mit nur einem Flügel saß auf der Fensterbank und sah in unser Schlafzimmer. In seinem Schnabel hielt er eine Puppe, deren Gesicht unkenntlich zerhackt war, deren Arme und Beine schlaff herunterhingen, nur ihr rotes Kunsthaar glänzte, als hätte es mit dem Rest des zerstörten Körpers nichts zu tun.« Ein Glück sei es gewesen, aufzuwachen und die weißen Gardinen im Mondlicht leuchten zu sehen. Immer wieder habe er deren Falten gezählt, um sicher zu sein, dass der Traum zu Ende war.

Als er diesen Traum erzählt, fühle ich das gleiche mulmige Gefühl in der Magengegend, das ich nach der Begegnung mit Anna hatte. Das Friedhoferlebnis ist wieder hautnah, und ich höre im Geiste das Plätschern des laufenden Wassers, das ihre Brandblasen kühlt. Ich hätte mich um sie kümmern müssen. Zu spät. Das Gefühl der Schuld ist wie eine Triebfeder, die mich zwingt, auf die Dunkelheit zu warten und mich heimlich in Kasunkes Haus zu schleichen, um mir selbst ein Bild zu machen, um der Wahrheit näherzukommen, von der ich mir kleine Häppchen wünschte, denn die sind verdaulicher als große Brocken. Hausfriedens-bruch ist strafbar, ich weiß. Doch wo bekäme ich eine Erlaubnis her?

Im Haus

Im Licht der Straßenbeleuchtung mache ich mich auf den Weg. Das Risiko erwischt zu werden, schließe ich aus. Heruntergelassene Rollläden halten dicht. Es sei denn, sie haben ihre Gewohnheit geändert und für die Augen ein Schlupfloch gelassen, so einen kleinen Spalt oder zwei. Ich habe den dringenden Wunsch, meine Gedanken in geordnete Bahnen zu lenken, eine gerade Kopfstrecke ohne Nischen, in die Fantasie keinen Zutritt hat.

In der Dunkelheit leuchtet das rote Band vor der Eingangstür, das sagt: Halt. Ich laufe zur Rückfront des Hauses, durch das wild wuchernde Gras des Vorgartens. Unter meinen Sohlen knirscht das zersplitterte Glas der Fensterscheiben. Ich übersehe einen alten Hofbesen und stolpere. Ein zersplitterter Holzstiel und ein dünnes Bündel Borsten ist alles, was die Zeit ihm übrigließ. Ich laufe, auf wackligen Steinplatten balancierend zum

Hintereingang, vor dessen Tür sich alte Schuhe türmen, die übersät sind von Glasteilen der maroden Überdachung. Es sind sechs Stufen bis zur Tür und jede Stufe, die ich hinaufsteige, sagt: Verboten! Was kann verboten sein, wenn ein Zeigefinger genügt, eine Tür aufzudrücken? Der muffige Geruch eines unbewohnten Hauses steigt mir in die Nase. Wenn sich Spinnweben über das Gesicht ziehen, weil sie von der Enge des dunklen Ganges zu viel haben, wenn ein Stück Tapete ohne Vorwarnung von der Decke fällt, ist das gespenstisch. Eine der vier Türen ist nur angelehnt. Der Geruch, der mir durch den Spalt der Tür entgegenschlägt, ist der fauliger Äpfel und nimmt mir fast den Atem. Die Wand hinter dem Doppelbett, dessen verschmutzte Laken auf der Erde schleifen, ist übersät mit Fotografien von einem Mädchen mit rotblonden Haaren.

Es könnte Annas Zimmer gewesen sein. Die leeren Bierflaschen und der volle Aschenbecher sprechen dagegen.

Die anderen Zimmer interessieren mich auch. Ich bin ängstlich, das spüre ich. Ich weiß von dem Risiko, auf einen unverdaulichen Anblick zu stoßen. Ein Blick durch den Spalt genügt. Der brenzlige Geruch eines gelöschten Feuers steigt mir in die Nase. Große Risse vom Außenputz haben sich ins Innere gefressen und werden von herunterhängenden Tapetenfetzen flankiert. Die Oberflächen der wenigen Möbel sind schwarz versengt. Und ich frage mich, wer der Brandstifter ist. Ich sehe sie vor mir, wie sie mit undurchdringlichen Mienen ihre Schultern zucken. Kein Kommentar.

Ehe ich mich davonschleiche, werfe ich einen Blick zurück. Sie haben recht.

Das Dreckshaus ist kein Aushängeschild für eine Straße, in der jeder für jeden da ist, zu jeder Zeit, in jeder Wetterlage.

Als sie das sagten, bewegten sie kaum ihre Lippen, damit kein Fremder falsche Schlüsse zog. Die Vogelwelt scheint das genauso zu sehen. Im Sturzflug haben sie ihren grünlichen Kot gegen die Haustür gespritzt, um dann auf den Briefkasten einzuhacken, als wäre sein Blau ein rotes Tuch für sie.

Dabei war der neue Briefkasten das einzige Zugeständnis, das der Alte machte, als sie Haus an Haus bauten und ihm damit auf die Pelle rückten. Ein anständiger Batzen Geld für seine Bruchbude konnte ihn nicht überzeugen. Für keine Million. Als ich diese Bruchbude auf leisen Sohlen verlasse, ist mir, als hätte sich Rosenbergers Rollladens bewegt. Ich bin mir nicht sicher, es könnte eine Täuschung gewesen sein. Deutlich zu sehen ist der Fahrplan der Bushaltestelle auf der gegenüberliegenden Straßenseite, was dem Licht der Straßenlaterne zu verdanken ist. In der Dunkelheit der Straße kommt mir der Lichtkegel wie ein Zeichen vor. Busfahrer hören und sehen viel. Ich werde ihn als Nächstes befragen.

Den Zeitpunkt entnehme ich dem Fahrplan und wähle die Pause vor seiner letzten Rückfahrt.

Das Risiko einer zeitaufwendigen Unterhaltung nehme ich in Kauf.

Paul Brauneis,
Busfahrer der Linie 4

»Ich erinnere mich genau an dieses Datum. Es war der 23. März, der Tag, an dem ich meine neue Stelle als Busfahrer antrat.

Der erholsame Nachtschlaf hatte mich im Stich gelassen. Mich auf die ruhigen Atemzüge meiner Frau zu konzentrieren, hatte nicht geholfen. Unruhig warf ich mich von einer Seite zur anderen. Was ist das Problem, hatte ich mich gefragt und versucht, wie ein Trittbrettfahrer auf die gleichmäßigen Atemzüge meiner Frau aufzuspringen. Das Gezwitscher der Vögel im Morgengrauen lockte mich aus den Federn, lange bevor es Zeit war aufzustehen. Schuld war ein unaufhörliches Kreisen in meinem Kopf. Abfahrt Stadtmitte, Endstation Wendehammer. Die Haltestellen dazwischen waren Alexanderplatz, Feuerwehrhaus, Lilienweg, Reitweg. Eine neue Stelle anzutreten ist kein Pappenstiel, hatte meine

Frau gesagt. Eine Kerze für mich anzuzünden, fand ich etwas übertrieben.

Als es Zeit war zu gehen, war es sechs Uhr. Sie half mir in das dunkelblaue Jackett, was sie sonst nicht tat. ›Gute Fahrt‹ rief sie mir nach, als ich die Treppen hinunterstieg und das Gefühl hatte, eine zu große Jacke anzuhaben. Als ich unten vor dem Haus stand und zum Fenster hinauf sah, winkten wir uns zu.

Bis zum Hals hat mein Herz geklopft, während ich mir unterwegs vorstellte, welche Farbe mein Bus haben würde, denn es gab dunkelrote Busse mit einem dicken grauen Balken an den Längsseiten und dunkelblaue.

»Der Dunkelblaue ist ihrer«, sagte mir der Typ aus der Werkstatt und überreichte mir den Schlüssel. Ein unbeschreibliches Gefühl war das, als ich einstieg und über die fünfzig leeren Sitze sah. Nachdem ich alle Spiegel in Position gebracht hatte, fuhr ich los.

›Fahren Sie zum Wendehammer?‹

›Richtig‹, sagte ich an der nächsten Haltestelle zu der jungen Frau, die unschlüssig vor der geöffneten Tür stand, als müsse sie ihren Entschluss überdenken. Sie war hochschwanger, was mich ängstigte, weil ich keine Ahnung von Geburtshilfe hatte. Kurzatmig umklammerte sie den Türgriff und stieg ein. Sie setzte sich auf den rechten Einzelsitz, ganz vorne, in meine Nähe. Der graue Wollmantel, dem drei Knöpfe fehlten, klaffte auseinander. Ihre dicke Bauchkugel wölbte sich hervor und wurde zur Spielwiese für ihre nikotinverfärbten Fingerspitzen, die nervös darauf herum trommelten. Als sie mich fragte, ob sie rauchen dürfe, sagte ich nur: ›Verboten.‹ Während des Fahrens stieg mir ein feiner Benzingeruch in die Nase. Aus den Augenwinkeln heraus sah ich sie mit dem Feuerzeug spielen. Die Flamme ging an, aus, an, aus.

›Nächste Haltestelle: Lilienweg‹, sagte ich durch das Mikrofon, was vollkommen überflüssig war. Sie war der einzige Gast.

Als ich zwei Minuten in der Straßenbucht der Haltestelle auf einen möglichen Fahrgast wartete, wurde sie ungeduldig. ›Wann sind wir im Wendehammer?‹

Ich sagte: ›Bald.‹ Der Versuch, sie in ein Gespräch zu verwickeln, schlug fehl. So schwiegen wir beide. Ich fuhr, sie schaute aus dem Fenster und ihr Atem beschlug die Scheibe. Was dann passierte, war unglaublich.

Da war die Sache mit dem Vogel. Während ich in den Außenspiegel schaute, um den vorbeifließenden Verkehr zu beobachten, gab es ein Geräusch, das sich anhörte, als klopfe jemand gegen die Scheibe. Ein Vogel war gegen die Frontscheibe geflogen. Spontan trat ich auf die Bremse. Ich fuhr an den Rand der Straße und hielt an. Wir stiegen beide aus. Sie beugte sich über den Vogel, der mit ausgebreiteten Flügeln und unnatürlich verdrehtem Kopf auf dem Pflaster lag und einen letzten Schnaufer tat. Da zog sie einen Schuh aus, und weiter kann ich nicht erzählen. Sie schob ihren schwangeren Bauch in den Bus zurück und sagte: ›Weiterfahren.‹ Die letzten Häuser verschwanden im Rückspiegel.

Mir war immer noch übel. Um mich abzulenken, begann ich, die Bäume am Straßenrand zu zählen. ›Wann sind wir endlich da?‹, fragte sie. Ich gab keine Antwort.

Was ich nicht wusste: Die Haltestelle zum Wendehammer war eine Baustelle, da die Straße noch nicht fertig war. An der Gaststätte ›Zum Schnellen Bruno‹ endete die Fahrt. Ich zog das Mikrofon zu mir heran und sagte: ›Ende der Fahrt.‹ Die Versuchung war groß, einfach die Tür zu öffnen und zu sagen: ›Raus.‹ Da hätte ich privates mit Dienstlichem vermischt. Das wollte ich nicht, nicht gleich am Anfang. Ich ließ mir Zeit, die Türen zu öffnen. Im Spiegel sah ich ihr ärgerliches Gesicht. Sie hatte entschieden, in der Mitte auszusteigen. Als ich sah, wie mühsam sie ihren dicken Bauch die Stufen hinabtrug, tat sie mir leid. Und dann stand sie auf dem Bürgersteig, kramte in ihrem Rucksack, der so schlaff aussah, als wäre nur eine Zahnbürste darin. Ich erinnere mich genau, wie ihre Hände zitterten, als sie die frische Zigarettenpackung öffnete, sich eine Zigarette anzündete und das Papier auf den Gehweg fallen ließ. In gierigen Zügen inhalierte sie und stieß den Rauch mit geschlossenen Augen in den Himmel. Ich konnte da nicht hinsehen. Nikotinkinder sind klein und dünn, hatte meine Frau gesagt.

Ich setzte mich auf den hintersten der Sitze und begann, mein Frühstück auszupacken. Sie verschwand in der Gaststätte zum Schnellen Bruno. Als ich fertig war, stieg ich aus, um mir die Beine zu vertreten. Durch das Fenster konnte ich sie sehen. Sie saß am Tresen, rauchte, und ich bin mir sicher, dass im Glas keine Cola war.

Es war Zeit für die Rückfahrt. Als ich mich nach dem Platz umsehe, auf dem die Schwangere saß, fällt mir eine einzelne Feder auf. Sie lag unter dem Sitz inmitten von braunem Geschmiere. Mir wurde übel.

Drei Minuten früher als geplant habe ich die Rückfahrt angetreten, obwohl das gegen die Vorschrift ist. Nichts wie weg, war mein einziger Gedanke.

Als ich mein Fahrzeug im Wendehammer drehe, kommt ein alter Mann die Straße entlanggelaufen. Die Jacke seines gestreiften Anzugs spannt über seinem Bauch, als sei er schwanger. Er verschwindet im Schnellen Bruno.

Der Eintrag in mein Fahrtenbuch:

23. März.
Abfahrt Stadtmitte 7 Uhr 50
Ankunft 8 Uhr 25
Ersatzhaltestelle: Gasthaus zum Schnellen Bruno.
Besondere Vorkommnisse: Keine.
Gezeichnet: Brauneis.

Den Zwischenfall mit dem Vogel habe ich unter den Teppich gekehrt. Die Furcht vor Vögeln, die auf die Windschutzscheibe zufliegen, ist geblieben. Sie mit der Hupe zu verscheuchen, ist keine Lösung. Die Fahrgäste würden sich an die Stirn tippen. So lasse ich es sein.

Brauneis beendet das Gespräch abrupt. Die emotionale Anforderung ist zu groß, was ich an seinen zuckenden Mundwinkeln sehe. Alleingelassen stehe ich auf einer kleinen Erhebung des Spannungsbogens und schaue sehnsüchtig hinauf, wo ich die Spitze des Eisberges vermute.

Eine leichte Ungeduld macht sich in mir breit, die nach außen zu tragen keine Früchte bringen würde. Den Eindruck zu erwecken, ich sei ein Spürhund, der seine Nase nicht von der Fährte nehmen kann, wäre mir peinlich.«

Pasteka, Igor

Straßenbauarbeiter bei der Firma Reinke. Zuständig mit anderen für die Errichtung der Straße im Wendehammer.

Dass mir ein Igor Pasteka über den Weg läuft, ist reiner Zufall. Er steht vor Kasunkes Haus und fotografiert, und ich frage mich, was hat ein Bauarbeiter mit dem Kasunke zu tun? Ich spreche ihn an. Eine Verwandtschaft zu Brauneis und Rosenberger entdecke ich gleich. Die Ausführlichkeit ihres Erzählens ist fast identisch.

Straßenbauarbeiter bei der Firma Reinke. Zuständig mit anderen für die Errichtung der Straße im Wendehammer.

»Der 23. März war der kälteste Tag«, sagt Pasteka. »Die Holzkeile vor den Reifen des Bauwagens hatten einen raureifigen Überzug, und das einzige Fenster, das die Größe eines Bullauges hatte, war mit Eisblumen überzogen, was nichts machte, ein kleiner Elektroofen im

Bauwagen taute sie auf. Warum ich mich an das Datum so genau erinnere? Es war der Tag, an dem mein hoffnungsvolles Leben den Bach hinunter geschwommen ist.«

Ich sehe in an und ich denke, dass eine Hoffnung baden geht, ist ein alter Hut. Ihn spaßhaft auf Schwimmflügel hinzuweisen, unterlasse ich. Es könnte ihm den Mund verschließen.

»Als wir mit unseren Baugeräten in den Wendehammer einrückten, ahnten wir wirklich nichts«, sagt Pasteka. »Kasunke erwartete uns mit geballter Faust. ›Verschwindet, oder wollt ihr den Krieg?‹, war keine Frage. Es war eine Drohung. Wir hatten keine Vorstellung von fliegenden Steinen, und als wir es wussten, waren uns die Hände gebunden. Zurückzuschießen war uns verboten. Ja, wir hatten Lust. Aber eine Kriegsführung auf dem Tisch unseres Bauwagens, mit leeren Bierflaschen und Zigarettenschachteln, musste genügen. Fakt war, der alte Kasunke warf hinterlistig mit Steinen, was schwer zu beweisen war.

Den ganzen März waren wir beschäftigt, vier Tage länger als geplant. Die Hände tief in den Hosentaschen vergraben, an den Absätzen der polierten Designerschuhe dicke Klumpen Erde, war der Chef auf und ab gelaufen. Er war wütend. ›Habt ihr im Bauwagen ein Nickerchen gehalten?‹ Wir waren so sauer, dass wir uns schworen, keine Überstunden mehr zu machen. Punkt Fünf ließen wir den Hammer fallen und gingen zum Schnellen Bruno und ich muss gestehen, es war eine heiße Zeit oder besser, eine feuchte. Nach Feierabend, ein Bier, ein Korn und weiter so. Kaum einer hat damals gekniffen, nur Oezkan trank Wasser. Und dann das Kartenspielen. Verlieren und gewinnen, ohne Ende. »Raus mit euch«, hatte der Wirt gesagt, und angefangen die Stühle auf den Tisch zu stellen. Da war es 23 Uhr. Ich bin auf mein Moped gestiegen und nach Hause gefahren. Das war der Zeitpunkt, an dem mein Leben den Bach hinunter geschwommen ist, denn Schluss war auch hier. Vor der Wohnungstür standen die Koffer, mit denen ich vor einem Jahr eingezogen war. Davor ordentlich ausgerichtet meine Gummistiefel. Meine Angel steckte in einem Stiefel, eine Wolldecke lag zusammengefaltet auf den Koffern. Ein Jahr Beziehung mit Rita im Eimer. Damit hatte ich nicht gerechnet. Nach so langer Zeit kann ich offen darüber sprechen. Wie ein räudiger Hund robbte ich auf allen Vieren die Treppenstufen hinauf.

Ich rief: ›Rita! Rita!‹ Sie öffnete die Wohnungstür einen kleinen Spalt und ihre vertraute Stimme sagte: ›Verschwinde.‹ Nach Ritas Rausschmiss klemmte ich die Wolldecke in den Gepäckträger meines Mopeds und fuhr in den Wendehammer zurück. Eine Pritsche im Bauwagen ist auch ein Bett. Während ich auf der Holztreppe des Bauwagens saß, eine Zigarette rauchte, das letzte Flaschenbier trank, sah ich in die hell erleuchteten Fenster von Kasunkes Haus. Meine Blicke wanderten von einem zum nächsten Fenster und es ist mir heute noch ein Rätsel, warum mich ein unangenehmes Gefühl überfiel, das zu beschreiben mir heute noch schwerfällt. Ich muss zugeben, es lenkte mich von meinen eigenen Problemen ab. Ich wickelte mich in meine Wolldecke ein und versuchte zu schlafen, was gar nicht so einfach war. Eine Pritsche ist doch kein Bett.

Mitten in der Nacht schrecke ich durch ein dumpfes Poltern auf. Etwas war gegen die Bretter der Baubude geflogen. Von einer Sekunde auf die andere war ich hellwach. Durch das Fenster sah ich Kasunkes Haus gespenstisch im Dunkeln liegen. Ich wartete auf den zweiten Schlag. Der blieb aus. Das war der Alte, dachte ich. Wer sonst.

Wir hatten einen Stromausfall. Der Grund war uns schleierhaft. Strom vom Kasunke? Der stand hinter seinem Hoftor und bohrte seinen Zeigefinger in die Stirn, über der das graue Haar in langen, fettigen Strähnen herabhing.

»Holt euch den Strom woanders her, aber nicht von mir.« Krachend ließ er seine maroden Rollläden runter, bis auf einen Spalt. Wir hatten große Lust kleine Steinchen dagegen zu werfen, was wir sein ließen. Die Angst vor seiner Retourkutsche war größer. Unser Kollege Oezkan gab nicht auf. Oezkan probiert den Frieden, sagte er. Wir hätten ihn daran hindern können. Den Kasunke zu einem Bier einladen zu wollen, war blauäugig oder dumm. Oezkan klingelte, der Alte öffnete die Tür einen Spalt, nicht mehr. Von Weitem sahen wir, wie die spontane Nähe von Kasunke Oezkan erschreckte. Sein Kopf schien zwischen den Schultern Schutz zu suchen. Das Wort ›Scheißkanake‹ traf ihn mit voller Wucht. Er hätte den Alten nicht aus den Augen verlieren dürfen. Das kleine Steinchen traf ihn hinterrücks an der rechten Schulter. Kasunke war ein Querulant der schlimmsten Sorte und Oezkan naiv wie ein neugeborenes Kind. Die Fertigstellung der Straße ging dem Ende zu. Pinschke, der nicht zu unserer Truppe gehörte, kam mit dem Teerwagen angefahren und kippte den Inhalt auf der Straßendecke ab. Die Sicherheitsvorschriften einzuhalten, war uns geläufig. Als Absperrung spannten wir ein rotes Band, mit dem Hinweis: Vorsicht, frisch geteert.

Als wir am nächsten Morgen die Absperrung entfernten, sahen wir Spuren von Hundepfoten auf der erkalteten Teerdecke.

›Der Kasunke war's‹, sagte der Nachbar von schräg gegenüber. Von dem Gejaule seines Hundes sei er wach geworden. Die Wurst im Maul des Hundes war schwarz vom Teer und seine Pfoten auch. Als der Nachbar seine Schilderung beendet hatte, wurde Simons Gesicht weiß wie die Wand, seine Beine fingen an zu zittern. Er lief hinter den Bauwagen und wir hörten sein Würgen.

Simon war unser frisch gebackener Lehrling. Wir nannten ihn ›Würstchen‹, weil er den Körperbau eines zarten Jünglings hatte. Ich erinnere mich genau an seinen ersten Tag. Die Märzsonne ließ seine segelartigen Ohren hellrosa leuchten. ›Simon‹, sagte er und gab jedem von uns die Hand, was so nicht üblich war.

Wir wollten Spaß und schlugen ihm vor, ein kleines Steinchen gegen Kasunkes Rollladen zu werfen. Aber Simon sagte nur: ›Der geht mich nichts an.‹ Die Abdrücke der Hundepfoten änderten das.

In seinen Augen stand eine Wut, die wir noch nie an ihm gesehen hatten.

Dass er dem Alten die Bude anzünden wolle, nahmen wir nicht ernst. Und dann, am letzten Tag, nahm Simon Wasser, statt Feuer. Wir konnten es nicht glauben. Er lief zu Kasunkes Briefkasten, öffnete den Deckel, öffnete seinen Hosenschlitz und pinkelte hinein.

Wir gingen zum Schnellen Bruno und feierten das. Der Wirt gab eine Runde aus. Bis zum Abwinken: ein Bier, ein Korn. Der Kasunke ist nicht normal. Der Satz des Wirtes ist mir heute noch im Ohr.

Was ist nicht normal? Die Leute im Wendehammer wissen es. Löcher im Außenputz eines Hauses, in denen Schwalben nisten, die ihre Hintern aus dem Nest halten und eine Kotspur auf dem Putz hinterlassen, gehören dazu, so wie das Gras, das in den Fugen der Gehwegplatten wächst.

Es muss noch mehr in ihren Kochtöpfen sein, das spüre ich. Das Geräusch des Dampfes ist leise, denn sie haben die Deckel beschwert. Und ich denke an Annas Wut, die sich frei von allem gegen Kasunkes Grabstein gerichtet hat. Meine Gedanken überschlagen sich und landen auf der Seite des Dramas. Will ich das? Ein Märchen wäre mir lieber. Ende gut, alles gut. Das kann nicht sein.

Harry Grünspan

Der Zündler. Diesen Ruf zu haben, ist ein Drama. Es beschäftigt die Leute bis heute. Ob sein Drama mit dem Verlust seiner Frau begann, die ihn einfach sitzen ließ, oder ob sein Suchtverhalten dazu führte, dass es so kam, das herauszufinden dürfte den gleichen Schweregrad haben, wie die Frage, ob an dem Gerücht was dran ist, dass sie mit Kasunke was am Laufen hatte.

Fakt war, ging Grünspan auf unsicheren Beinen die Straße entlang, waren sie wachsam. Ein Auge auf den eigenen Briefkasten zu haben, war ratsam.

Dem Zettel mit Grünspans Schrift trauten sie nicht. Tut mir leid, Euer Harry.

Ich muss mehrmals klingeln. Der Klingelton von Grünspans Türglocke klingt rostig und erinnert mich an das alte Friedhofstor, durch das niemand unbemerkt schlüpfen kann. Ich schaue durch den Spion direkt in ein Auge.

Dann öffnet sich die Tür einen Spalt und ein Teil seines Gesichts wird sichtbar, in dem die Spuren eines echten Dramas nicht zu übersehen sind. Die Frage nach Anna Kasunke scheint ein Türöffner zu sein. Er kommt heraus. Seine Schritte sind unsicher, was mich dazu bringt, meine Arme auszubreiten, für alle Fälle. Die übervolle Abfalltonne, aus deren halboffenem Deckel der Geruch von Fäulnis dringt, gibt ihm Halt. Er beantwortet spontan eine Frage, die ich nicht gestellt habe.

»Ja, es stimmt.« Am Tag des Verschwindens seiner Frau habe er sich betrunken, ausnahmsweise, und einen Fehler gemacht. »Ein Stück brennendes Zeitungspapier in den Briefkasten des Nachbarn zu stecken, war die reine Verzweiflung.« Als müsse er mich davon überzeugen, legt er seine Hand auf meine Schulter, rüttelt mich und schlägt mir seinen biergetränkten Atem ins Gesicht.

Während wir an der Abfalltonne stehen, überkommt mich der Wunsch zu gehen. Harry Grünspan lässt das nicht zu. Seine Stimme ist

74

wütend. »Wegen einem Glas Bier den Führerschein zu verlieren, war reine Schikane. Wem ich das zu verdanken hatte? Da kommt nur der Kasunke infrage. So musste ich mich ans Busfahren gewöhnen. Wenn wir im Wendehammer ankamen, drehte Brauneis eine Extrarunde an Kasunkes Haus vorbei. Plötzlich hielt Brauneis an und schaute in dessen Grundstück, was aus seiner Höhe gut möglich war. Ich wunderte mich, was es da zu sehen gab. Die hochschwangere Liliane saß auf einer Bank in Kasunkes Garten, neben ihr der Alte, und streichelt ihren schwangeren Bauch. Brauneis und ich hatten den gleichen Gedanken. Ob er der Vater des Kindes ist? Aus der Flasche, die zwischen ihnen auf der Bank stand, goss er zwei Gläser voll. Sie balancierte das volle Glas auf ihrem Bauch. ›Prost‹, rief der Alte. ›Ex und hopp‹, sagte sie und trank den Inhalt in einem Zug. Ich habe heute noch das Quietschen der Scharniere im Ohr, als er die Tür des Holzschuppens öffnete und beide darin verschwanden. Ihren begeisterten Ausrufen nach schien ihr zu gefallen, was sie sah. Als Kasunke die Tür von außen zuwarf, es rücksichtslos krachen ließ, wehte der Luftzug das Zeitungspapier von der Bank. ›Sie haben den Vogelkot einfach mit Zeitungspapier zugedeckt‹, hat Brauneis zu mir gesagt, ›das passt.‹«

Eine Wiederholung für Brauneis und Grünspan gab es nicht. Es war, als habe das Haus die Beiden verschluckt. Es lag ein unheimliches Schweigen über dem Haus, das nur unterbrochen wurde, wenn der Alte in der Dämmerung die leeren Flaschen entsorgte.

Grünspan kommt ins Schwanken, als er den Griff der Abfalltonne loslässt, um aus seiner Hosentasche eine Zigarettenschachtel hervorzuholen. Die Flamme des Feuerzeugs verfehlt ihr Ziel. »Liliane war eine Schlampe. Sie hat Schuld, dass meine Frau mich verließ, von der ich dachte, dass sie mit dem Kasunke was am Laufen hat.« Die Ungeheuerlichkeit dieser Vorstellung macht seine Augen wässrig, was mir äußerst peinlich ist. Das Gespräch ist beendet. Ich sehe ihm zu, wie er unsicher die Treppen hoch zu seiner Haustür steigt und vergebens das Schlüsselloch sucht, und es ist mir gleichgültig, ob er dabei stehenbleibt oder stürzt. Ich bin dabei, sein Gartentor zu schließen, als er sich noch einmal nach mir umdreht, als hätte er etwas vergessen. »Der Kasunke war ein Schwein. Fragen Sie Anna, wenn Sie sie sehen.« Und während er das sagt, schaut er sich ängstlich um, als würde sie gleich um die Ecke biegen.

Else Rosenberger

Ich bin überrascht, als Else Rosenberger mir ein Treffen vorschlägt und den Ort beschreibt, was einer poetischen Anwandlung gleichkommt, als wäre in ihrem Leben ein zweites versteckt. Der Treffpunkt: Am Ende des Wendehammers ein kleiner Trampelpfad, der in den angrenzenden Wald führt, an dessen Wegrand wilde Brombeerhecken mit ihren Zweigen den Weg erschweren.

Der Weg wird unerwartet durch einen Graben begrenzt, in dem sich klares Wasser um bemooste Steine schlängelt, die nach Regentagen im Wasser untergehen.

Rechts am Graben entlang, nur drei Minuten, steht eine Bank, gut geschützt von zwei Holunderbüschen.

»Dort treffen wir uns. Ich freue mich.«

Während ich auf dem Weg dorthin bin, habe ich das Gefühl, ein heimliches Date zu haben. Was ich zuerst sehe, sind gelbe Schuhe mit schwindelerregend hohen Absätzen, die sich an ausgestreckten Beinen im Kreise bewegen. An der Rückwand der Bank hängt ein Regenschirm, obwohl nicht die kleinste Wolke am Himmel zu sehen ist. Das auffällige Gelb ihrer Schuhe fasziniert mich und ich kann nicht verhindern, dass eine Zitrone meine Zunge im Speichel ersäuft. In die Rückwand der Bank sind zwei Namen eingeritzt. Else und Liliane.

Es war ihr heimlicher Treffpunkt, wenn ihre Männer nicht zu Hause waren. Über was sie sprachen? Über sie.

Ihre Treffen waren zu Ende, als Anna auf die Welt kam und der Alte ihr ein Auto schenkte.

»Lilianes Trostpflaster für mich waren ihre gelben Schuhe. Das Abschiedsgeschenk.«

Sie flüstert diesen letzten Satz, als hätte sich jemand hinter den Holunderbüschen versteckt. Ihr Flüstern beflügelt meine Vorstellungskraft wie ein frisch gewässertes Pflänzchen, das zu blühen beginnt.

Sie zu unterbrechen wäre ein Fehler, so schweige ich und höre nur zu.

»Dann war es da, das Kind von Liliane. Ein Mädchen. Ein dünnes Stimmchen, das vom Alten geschaukelt wurde. Er schob den Kinderwagen über die losen Steinplatten des Hinterhofes. Während die Räder hüpften und stolperten, wiederholte er das Wort: ›ja, ja, ja‹, als könne er den Säugling vor dem Lärm der Autohupe beschützen. Vor der offenstehenden Tür des Holzschuppens stand ein dunkelgrünes Cabrio mit schwarzem Verdeck. Liliane saß am Steuer und peinigte die Hupe und peinigte das Standgas, während Kasunke versuchte, den schwärzlichen Rauch aus dem Auspuff mit der Hand zu verscheuchen. Bevor ich mein Küchenfenster schloss, rief ich hinüber: ›Mädchen oder Junge?‹ – ›Das Mädchen heißt Anna.‹ – ›Ein schöner Name‹, habe ich gesagt und ihn zum ersten Mal lächeln sehen und ich glaube, es war auch das einzige Mal. Die Geburt eines Kindes braucht ein Geschenk. Das gehört sich so. Ich fuhr mit dem Bus in die Stadt und kaufte einen rosa Strampler. Ich klingelte mehrmals. Die

80

Lautstärke irgendeines Liedes wurde gedrosselt und ich konnte Annas Weinen hören. Dann war es still. Die lassen niemand rein, dachte ich und hängte die Tüte mit dem Geschenk an den Türgriff, wo sie noch am nächsten Morgen hing. Und alle waren sich einig, in diesem Haus ist nichts normal. Ich war dagegen, ihr das horizontale Gewerbe anzudichten, nur weil sie jeden Abend in ihrem Cabrio davonfuhr, in einem enganliegenden Kleid, das so kurz war, dass es gerade ihren Hintern bedeckte, mit einem tiefen Ausschnitt, aus dem die Brüste herauszufallen drohten. Anna war drei. Sie lief an der Hand von Kasunke im Hinterhof spazieren. ›Anna‹, rief ich. ›Anna!‹ Das krause, rote Haar erinnerte mich an das Kind meiner Schwester, das darunter litt, dass die anderen Kinder ihr »Feuermelder« nachriefen. Als Anna alleine laufen konnte, befestigte der Alte eine Kinderschaukel am Ast des Kirschbaumes und sah ihr von der Bank aus beim Schaukeln zu. Dann setzt er sie in den Sandkasten, und während sie ihre Sandkuchen auf dem Rand verteilt, löst Kasunke die Spange, die ihre rote Haarpracht zusammenhält. Er sagt: ›Anna, Kussi‹ und streckt ihr seine halb geöffneten Lippen entgegen. Anna will nicht. Er zieht sie an den Haaren, bis sie schreit. Mit Liliane einen neuen Kontakt herzustellen, war schwierig. Mein letzter Versuch waren sechs Tomaten, die letzten. Sie bat mich, die Tomaten durch ein Loch des Maschendrahtzauns schieben. Da lagen sie bis zum Abend und den ganzen nächsten Tag. Bis zwei Amseln sie mit den Schnäbeln zerhackten und der Alte dem Gezeter ein Ende machte, indem er mit der Schrotflinte auf die Vögel schoss. Annas Schreien war im ganzen Wendehammer zu hören. Lilianes Lichtsignale waren lautlos. Sie hatte die Gewohnheit, nachts mit aufgeblendetem Licht in den Wendehammer einzufahren, und es war mir schleierhaft, warum sie unser Schlafzimmer ausleuchtete, und warum mein Mann erst danach die Rollläden herabließ. Dieses Szenario hatte eines Nachts ein Ende, als eine fremde Stimme sagte: ›Ihren Führerschein bitte.‹ Vor unserem Haus stand ein Polizeiauto, daneben das Cabrio mit laufendem Motor. Liliane stand zwischen zwei Polizisten und pustete schwankend in ein Röhrchen hinein. Der Kasunke stand im Schlafanzug in der offenen Haustür. Er sprach kein Wort. ›Jemand hat mich verpfiffen‹, sagte Liliane, als sie drei Tage später am Zaun stand und zu mir herüberblickte. Als ich ihr Gesicht näher betrachtete, das heißt, das, was die riesige Sonnenbrille davon freigab, bemerkte ich die gelbliche Verfärbung, die unter dem linken Brillenglas hervorgekrochen kam, und über das Jochbein bis zum Ohr verlief. Ich bot ihr mein Fahrrad an, und Anna stand barfuß am Straßenrand und sah ihrer Mutter beim Üben zu. Am nächsten Tag sah ich, wie sie Anna auf den Gepäckträger setzte. Annas Füße schlenkerten in gefährlicher Nähe der Radspeichen. Nach ein paar Metern war es passiert. Anna schrie. Mit blutenden Knöcheln saß sie auf dem Bürgersteig. Der alte Grünspan trug sie in sein Haus, wo er Annas Knöchel mit Mull umwickelte. Er schenkte ihr die Puppe, die auf der Rücklehne seines Sofas saß. ›Die heißt auch Anna‹, sagte er und kramte aus der Schublade noch ein Paar Puppenschuhe heraus.«

Während ich mit Else Rosenberger auf der heimlichen Bank sitze und ihr zuhöre, überkommt mich der Wunsch, das Gespräch mit ihr zu beenden, was mir nicht gelingt. Ich betrachte das Stück Himmel, das durch die Bäume scheint, und sehe, wie sich eine Dunkelheit lautlos anschleicht und wünsche mir Licht. Ich bleibe sitzen.

»Wie viel Schokolade darf ein Kind essen?«, fragt sie ausgerechnet mich, der von Kindern keine Ahnung hat. Als ahne sie meine Fluchtgedanken, hält sie meinen Ärmel fest.

»Kasunke trug Anna im Garten spazieren. Er hielt sie an sich gedrückt, wie eine Mutter ihren Säugling. Ihre Knöchel waren mit weißem Mull umwickelt. Einen Arm um den Hals des Alten geschlungen, in der anderen Hand eine Tafel

Schokolade, zählte Anna von Eins bis Zehn, dann biss sie in die Schokolade. Ich hätte dem Kasunke sagen können: Schokolade in Mengen ist schädlich. Doch was ging mich Annas Erziehung an? Anna hatte Geburtstag, den fünften. Eine Geburtstagsfeier gab es nicht, aber ein Geschenk. Ein Kinderfahrrad, an dessen Lenkstange ein gelber Luftballon befestigt war. Das Abschiedsgeschenk von Liliane. Am nächsten Tag war sie verschwunden, ohne sich jemals wieder blicken zu lassen. Was sie mitnahm? Ihr Cabrio. Was sie zurückließ? Ihr Kind. Anna fuhr mit ihrem neuen Rad den Gehweg auf und ab. An der Lenkstange baumelte ein leeres Gummi-säckchen, das vorher ein gelber Luftballon gewesen war. Ihre Puppe Anna, deren Arme und Beine mit einer Mullbinde am Körper fest gewickelt waren, war in den Gepäckträger eingeklemmt. Nur das rotblonde Haar bewegte sich frei und hing in die Radspeichen hinein. Als ich sie fragte, wo denn die Mama sei, antwortete sie: ›In Italien‹. ›Liliane ist in Italien oder sonst wo‹, sagte ich zu meinem Mann. ›Was heißt: oder sonst wo?‹ Er nahm aus der Obstschale eine Zitrone und sagte: ›Liliane liebte die Farbe Gelb und Champagner.‹ Annas Fahrrad hatte einen Platten. Es stand an den Stamm des Kirschbaumes gelehnt, dessen überreife Früchte im Gras vor sich hin faulten. Da blieb es stehen. Die Vögel holten sich die letzten Kirschen vom Baum und ließen ihren Kot auf dem Sattel ab. Anna tat mir leid, als sie weinend versuchte, mit einem Taschentuch den Sattel zu säubern. ›Papa, bitte‹, bettelte sie, und Kasunke versuchte, den Reifen aufzupumpen. ›Der hat keine Ahnung‹, hat mein Mann gesagt und aus dem Küchenfenster zugesehen, wie der Alte immer wütender wurde. ›Hör auf zu heulen‹, hat er Anna angeschrien, mit der Luftpumpe um sich geschlagen und Gott sei Dank nur die Äste des Baumes getroffen. Um das Kasunke-Haus wurde es still. Lautlos hatte sich eine Schar Amseln auf den Steinplatten des Hinterhofes niedergelassen. Die Reglosigkeit, mit der sie auf den Hinterausgang des Hauses starrten, war mir unheimlich. Annas Gesicht erschien am Fenster. Sie drückte ihr Gesicht gegen das Glas, zur Fratze verzerrt, mit plattgedrückter Nase, und weit geöffnetem Mund, aus dem die Zunge wie eine braune Schnecke über die Scheibe kroch, verteilte sie eine schokoladenbraune Spur auf der Scheibe. Endlich war Anna wieder draußen zu sehen. Sie hatte Ihre Puppe unter den Arm geklemmt, die in einem grauen Herrensocken steckte, nur das Haar hing heraus. Was sie mit einer Toilettenpapierrolle wollte, war uns ein Rätsel. Sie begann, sie aufzuwickeln und mit langen Streifen die Lenkstange ihres Fahrrades zu umwickeln und immer weiter, bis nur noch die Speichen zu sehen waren. ›Kindliches Gezündel‹, hat mein Mann es genannt, als ich ihm am Abend erzählte, wie eine Flamme sich über das Toilettenpapier hermachte, bis nichts mehr übrig war. Es war kein schöner Anblick. Anna ließ ihrer Wut freien Lauf und trat auf das Fahrrad ein, bis es auf dem Boden lag. ›Alles reif für den Sperrmüll, das Fahrrad, das Haus und der

Alte‹, sagte mein Mann. Wir verreisen, K. Die Mitteilung lag im Briefkasten. Wohin? Vielleicht nach Italien? Anna stand vor dem Haus. Auf ihrem Kinderrucksack waren Katzenbilder aufgeklebt, der Schraubverschluss einer Limonadenflasche ragte heraus. Als ich das Taxi sah, das vor Kasunkes Haus hielt, wie der Taxifahrer zwei Koffer im Kofferraum verstaute, dann Anna auf den Rücksitz setzte, mussten wir es glauben. Der Alte kam mühsam auf Krücken gelaufen. Das war neu. Vielleicht bleiben sie weg. Den Tomatenstöcken tat es gut. Das Gewicht der üppigen Tomaten zog die Rispen zur Erde. Ein Jahr lang den vollkommenen Frieden zu haben, war wie ein Sechser im Lotto. Mit einem Sonnensegel an Kasunkes Zaun den Pollenflug seiner wuchernden Gräser verhindern zu wollen, fand ich übertrieben, doch ich hielt meinen Mund. Zugegeben, der Alltag war eintönig geworden, der Blick auf Kasunkes leeres Haus war schläfrig geworden, die nötige Konzentration hatte sich in weiche Kissen vergraben, bis sich wie von Geisterhand alle Fenster erhellten, die seit einem Jahr wie dunkle Löcher in die Gegend gestarrt hatten. Annas Kopf erschien am Fenster. Ich freute mich, ich winkte. Sie nicht. ›Jetzt geht alles von vorne los. Wären sie geblieben, wo sie waren, in Italien oder sonst wo.‹ Da war Anna sieben. Dass alles von vorne losging, das konnte man nicht sagen. ›Etwas ist anders‹, habe ich zu meinem Mann gesagt. Und der sagte: ›Stimmt.‹ Kasunke soff, das ist eine Tatsache und keine Vermutung. Die Bierfahne wehte ihm voran, und als ich ihn fragte, wie das Wetter in Italien war, brachte er keinen verständlichen Satz über die Lippen. Ich glaube, er war voll wie eine Granate. Das war zwei Tage, bevor Anna ins Internat kam. Kasunke tastete sich schwankend an den Zäunen der Häuser entlang. Aus seinem offenen Hosenschlitz hing der Zipfel seines Hemdes. Vor jedem Haus blieb er stehen und befahl dem Briefkasten: ›Strammstehen, du Arschloch!‹ – ›Was ist passiert?‹ – ›Das Jugendamt nimmt mir Anna weg, die Schweine.‹ ›Vom Schmerz überwältigte Vaterliebe, so sieht sie aus‹, hat mein Mann zu mir gesagt und den Alten vor der eigenen Haustür abgeliefert, wo er in sämtlichen Taschen den Schlüssel suchte, dann klingelte, dann mit der Faust gegen die Tür schlug und schrie: ›Anna!‹ Die öffnete und Kasunke zog den Zipfel seines Hemdes aus dem offenen Hosenschlitz und sagte: ›Kuckuck.‹ Anna kam ins Internat. Da blieb sie. Kam selten nach Hause, und wenn sie da war, sah ich sie hinter dem Holzschuppen stehen, wo sie heimlich rauchte. Kasunkes schlechte körperliche Verfassung war auffällig. Der Alkohol zeigte ihm den Stinkefinger. Das Weiß seiner Augen wurde gelber, seine Beine dünner und sein aufgeblähter Bauch versperrte den Blick auf die Schuhe. ›Neunundsiebzig ist kein schlechtes Alter‹, hat der Notarzt zu mir gesagt und mir die Hand geschüttelt, obwohl mich das Ganze nichts anging. Quer über dem Doppelbett habe er gelegen, auf dem Bauch, unter sich begraben, plattgedrückt und fleckig, Annas Puppe. Da war Anna fünfzehn, war einen Schuss in die Höhe gewachsen und hatte ihr rotes Haar mit einem schwarzen Samtband zusammengebunden. ›Deine Nachbarn‹, stand auf der weißen Schleife des Bouquets, das wir auf den Sandhügel des ausgehobenen Erdlochs legten. ›Ruhe in Frieden‹, sagte ein Pfarrer. Eine fremde Begleiterin hatte den Arm um Anna gelegt und beide verschwanden, als die letzte Erde polternd auf den Sarg gefallen war. Gesehen haben wir Anna noch ein einziges Mal, schemenhaft im Dunkeln. ›Da kehrt jemand die Straße, mitten in der Nacht.‹ Sie war es, wer sonst. Barfuß schwang sie den alten Besen, der seit fünf Jahren an der Hauswand gelehnt hatte und dessen Borsten man zählen konnte. Sie kehrte wie eine Besessene, bis ich das Fenster öffnete und ihren Namen rief. Da sah ich, dass sie schwankte, da sah ich ihr Gesicht und dachte …«

Else Rosenberger spricht nicht aus, was sie dachte, und ich merke, dass meine erprobte Fähigkeit den Leuten unauffällig ihre geheimen Gedanken zu entlocken, ins Leere läuft.

Nachdem wir uns verabschiedet haben, bleibe ich noch eine Weile alleine auf der Bank sitzen. Ich betrachte meine Notizen, auf denen die Namen meiner Gesprächspartner untereinander aufgeführt sind. Wer mir noch fehlt, ist der Wirt des Gasthauses »Zum Schnellen Bruno«. Mein letzter Besuch.

Horst, Gastwirt
Zum Schnellen Bruno

Mit ihm komme ich zum Anfang meiner Geschichte zurück.

»Nenn mich einfach Horst«, sagt er, als er mich hineinlässt und mir gleich einen Stuhl am Tresen anbietet, auf dem ein Bild seiner Mutter steht, die lächelnd in die Kamera blickt. Unter einer alten Linde sitzt sie an einem Gartentisch und prostet mit einem Glas Bier dem Schild über der Eingangstür zu.

»›Wir schaukeln das Ding zusammen‹, hat meine Mutter nach dem Tod meines Vaters gesagt, obwohl mein Lebensplan ein anderer war. Da war ich 32 Jahre alt und die Straße vor unserem Haus ein breiter Schotterweg, an dessen Ende das Haus vom Kasunke stand. Ich war froh, dass mir der Anblick erspart blieb, weil Bäume und wilde Brombeerhecken ein Schutzschild waren. Der Kasunke war so um die 50 und kam regelmäßig vorbei für viele Biere und Schnäpse, die ihn jedes Mal streitsüchtig machten. Kein Bier mehr? Was heißt hier Sperrstunde? Ihn an die Sperrstunde zu erinnern war ein Fehler. Er hat mich Muttersöhnchen und Schwächling genannt, mich am Kragen gepackt und gegen den Tresen gestoßen. Meine Mutter schmiss ihn raus. Und dann kam der Tag, an dem ein Mann vom Bauamt auftauchte und einen Bebauungsplan präsentierte, der vorsah, in dieser Straße ein Haus an das andere zu bauen. Der grüne Schutzschild verschwand und mit ihm die Ausflügler, die meine Kasse füllten. Nur ein paar Schaulustige standen den Bauarbeitern im Weg und verzehrten ihr mitgebrachtes Brot und tranken das Bier aus der Flasche. An jenem Tag, an dem zum ersten Mal ein Bus an der gegenüberliegenden Straßenseite hielt, der einzige Fahrgast, eine hochschwangere Frau, ausstieg und meinen Gastraum betrat, dachte ich: ›Was will die hier?‹ Alles an ihr war mager, bis auf ihren schwangeren Bauch, der sich durch den Mantel wölbte. Und als der Kasunke hereinkam, der aussah wie ein aufgeputzter Pfau, der jeden Moment sein Rad schlägt, und einen Handkuss auf ihrem Handrücken ablud, stellte sich mir die Frage: Ist er der Vater oder nicht? Noch nie hatte ich es mit einem Säugling zu tun. Als Liliane das erste Mal mit Anna die Gaststätte betrat, trug sie das Kind in einem Tragetuch vor ihrem Bauch. Sie bestellte einen kleinen Roten, den ich ihr widerwillig einschenkte, weil ich mich nicht traute ihr zu sagen, dass Alkohol schädlich ist für das Kind. Um sich besser eine Zigarette anzünden zu können, drückte sie mir Anna in den Arm, die anfing zu weinen, und ich dachte, es hört sich an wie ein aus dem Nest gefallener Vogel, der auf dem Tresen sitzt. Liliane öffnete ihre Bluse und entblößte ihre Brust, um Anna zu beruhigen. Es war mir peinlich und ich dachte, hoffentlich kommt kein Gast herein. Wenn Liliane eine Sonnenbrille trug, brauchte es keine Erklärung, weil die bläulich gelbe Verfärbung unter dem Brillenrand nicht zu übersehen war. Und als ich sagte, hier ist Platz genug für zwei, war ihre Antwort: ›Anna kannst du haben, mich nicht.‹ Wenn Liliane mit ihrem Cabrio Richtung Stadt verschwand, fuhr sie im Schritttempo am Haus vorbei und hupte drei Mal, und es kam mir vor, als wolle sie damit ihr Angebot in Erinnerung bringen. Eines Tages war sie endgültig verschwunden, und ich brauchte lange, bis ihr Hupen aus meinem Gedächtnis verschwunden war. Ich konnte es nicht glauben, sie ließ Anna beim Alten zurück, was die Gerüchteküche anheizte, die voller Vermutungen war. Grünspan sprach von Italien. Und Rosenberger von einem frischen Erdhügel am Ende des Gartens. ›Das ist ein geschmackloser Scherz‹, habe ich zu Rosenberger gesagt. Dem Alten schien es egal zu sein. Er trank das vierte Bier, den vierten Korn und Anna saß neben ihm. Sie war sieben. Klein und pummelig saß sie neben dem Kasunke am Stammtisch, und wenn ich ihr bunte Gummibärchen auf eine Servierte legte, lächelte sie, sonst nicht. ›Anna liebt mich und ich liebe Anna.‹ Ich konnte diesen Satz von Kasunke nicht mehr hören. Als er den Rest des Bieres in das leere Schnapsglas goss und es Anna vor ihre Lippen hielt, platzte mir der Kragen. Ich schmiss ihn raus. Das Jugendamt nahm ihm Anna weg, was die Meinung der Leute spaltete. Die einen sagten, es sei höchste Zeit, die anderen schwiegen. Für mich stand fest: Ein Internat ist das beste, da ist sie sicher. Als sie älter wurde, bekam ich regelmäßig eine Ansichtskarte von ihr. ›Lieber Horst, mir gefällt es hier sehr gut. Das Essen ist auch gut. Viele Grüße Anna.‹ Jede Ansichtskarte zeigte das gleiche Bild. Ein unnatürlich blauer Himmel über alten Klostermauern, die Fenster ohne Vorhänge. Vor dem Eingangstor ein einsamer Rosenstock. Weder vom Blau des Himmels noch vom Rot der Rosen ließ ich mich täuschen. Das zerrissene Schriftbild, das über die linke Seite der Karte hinauswollte, beunruhigte mich. War sie in den Sommerferien zu Hause, verdiente sie sich bei mir ein Taschengeld. Die Spülmaschine ein- und ausräumen und andere leichte Arbeiten machten ihr Spaß. Ich hatte Anna gerne. Gott sei Dank war der Kaksunke ans Bett gefesselt. Sein gesundheitlicher Zustand war äußerst schlecht. Seine Gesichtsfarbe sei die einer Zitrone, was mich an Lilianes Schuhe erinnerte. Mehr war von Anna nicht zu erfahren. Dann machte ich einen Fehler.

Im Fahrwasser meiner außerordentlich guten Stimmung hatte ich Lust auf einen Scherz. Sie war dabei, die Spülmaschine einzuräumen, als ich auf die blöde Idee kam, mich hinter ihrem Rücken heranzuschleichen, um ihr das feuchte Geschirrtuch über den Kopf zu werfen. Ohne sich umzudrehen, rammte sie mit aller Kraft ihre Ellenbogen in meinen Bauch, was äußerst schmerzhaft war. Sie ging, ohne ein Wort zu sagen, mit einer Panik im Gesicht, die auch eine Entschuldigung von mir nicht besänftigen konnte. Ich fühlte mich schlecht. Ich kam mir vor, als wäre ich ein Zündler, der mit Öl ein glimmendes Feuer entfacht. Das Geschirrtuch haben wir begraben. Ich war überrascht, als

Anna nach langer Zeit ohne Ankündigung mein Café betrat, auf mich zuging und ihre Hand auf meine Schulter legte. Ich fühlte eine Wärme meinen Körper durchströmen, was daran lag, dass sie ihre Hand dort einfach ruhen ließ. Wir schauten uns wortlos an. ›Lieber Freund, das ist das höchste meiner Gefühle.‹ Das war, was sie sagte und es verwirrte mich. ›Lieber Freund‹ hat sie mich genannt.«

Während ich Horst zuhöre, suchen meine Blicke einen unbekannten Gegenstand im Raum. In die feuchten Augen eines Mannes zu blicken, überfordert mich. Doch es ist zu spät. Meine Gefühle haben schon in der Achterbahn Platz genommen und müssen den Fahrtwind in den Ohren ertragen.

Die Wolken am Himmel zu zählen, wäre eine Ablenkung, doch im Café von Horst hängen nur verstaubte Lampen von der Decke. Ich ertappe mich. Diese Art Ablenkung gehört zu den Leuten im Wendehammer. Ich kann es hören, es tönt die Straße entlang.

Drei Tage Regen. Drei Tage Dauerregen. Einer von der sanften Art. Einer, der es zuließ, sich ohne Schirm zwischen den einzelnen Tropfen zu bewegen.

Als sei es genug mit der Helligkeit und der Wärme, die wochenlang Gesprächsstoff war. Dieses Sommergefühl um diese Jahreszeit sei nicht normal. Und aus allen vier Himmelsrichtungen schlichen lautlos die Wolken aufeinander zu, um ein dichtes Netz zu weben. Die himmlische Gießkanne war gefüllt und goss ihr Wasser sturzartig über den Dächern aus bis es in die Keller lief. Diese Vorstellung brachte sie in Aufruhr, Annas Leben nicht.

Einer für alle, keiner für Anna.

Dass Erinnerungen sich verwandeln, ist kein Geheimnis. Sie sind wie Sandwürmer, die ihre Köpfe in den feuchten Boden stecken, während ihr Hinterteil neugierig die Gegend erkundet.

Wer mit Sandwürmern nichts am Hut hat, weil ihm das Bild nicht gefällt, der nehme ein putziges Äffchen, das die Äste des Baumes mit rosaroten Schleifchen schmückt.

Ich habe Anna auf dem Friedhof gesehen. Das ist Fakt.

Dass Friedhöfe friedliche Orte sind im Allgemeinen, das stimmt. Bis auf das eine Mal, als ich Anna traf, die das Grab ihres Vaters verwüstete.

Das geht mich nichts an, habe ich gedacht. Ein Irrtum.

Der Angelhaken war ausgeworfen und verhakte sich hinterrücks in meinen Kragen. Wenn ich an Anna denke, sehe ich sie vor mir, wie sie gegen den Stein tritt und mit der Faust dagegen schlägt und ich bin mir nicht mehr sicher, ob es Brandblasen waren, die sie unter das fließende Wasser hielt. Und ich überlege, auf welche Stelle des Körpers sie einschlägt. In das Gesicht oder die Hoden vielleicht?

Es ist, als hätte Anna sich in mein Gedächtnis eingegraben, was so nicht stimmt. Die Wahrheit ist, sie kommt und geht, wie es ihr passt. Ist sie da, kann ich mich nicht wehren gegen die unguten Gefühle, fange an zu singen oder zu pfeifen und hoffe, es hilft.

Wer sagt: »Ich bin klein, mein Herz ist rein, soll niemand drin wohnen als Jesus allein.« Mit gefalteten Händen den Blick in den Himmel zu richten und um Hilfe zu bitten ist ein altes Märchen. Dem entgegne ich: »Da oben ist niemand, da war niemand für Anna.«

Jemand hat Feuer gelegt.

Der Wind trieb die gräuliche Fahne vor sich her bis an das Ende der Straße, durch die geöffneten Fenster des Gastraumes, an dessen Tresen der einzige Gast saß, eine junge Frau.

»Es brennt«, sagte der Wirt, ohne sie anzuschauen.

Er polierte das letzte Weinglas und stellte es in die lange Reihe der Gläser. Mit seinem Geschirrtuch versuchte er den brenzligen Geruch aus dem geöffneten Fenster zu treiben, als wäre er ein Schwarm lästiger Fliegen. Das war der Anfang. Wo sind die Sätze, die kurz und bündig die Wahrheit sagen? Sie haben sich auf dem Grund des Tümpels zwischen den Steinen versteckt und schicken modrig riechende Blasen an die Oberfläche. Dass sie zum Himmel stinkt, ist unbestritten. Die Leute im Wendehammer haben die Lösung. Sie lassen die Lavendelbüsche in ihren Vorgärten wuchern, weil ihr Duft sie beruhigt, weil das Blau ihrer Blüten zu ihren Briefkästen passt. Was sie lieben ist, sich am sicheren Seil entlangzuhangeln, bis das glückliche Ende auf Augenhöhe ist. Zum Anfassen, weich und warm, so soll es sein. Wie man da hinkommt?

»Dort entlang«. Geradeaus, dann rechts und noch mal rechts. Dort fängt sie an, die lieblich sanfte Landschaft. Das zarte Gebimmel der Glöckchen verirrter Lämmer lockt: »Hereinspaziert.« Den kleinen Bach entlang, dem Fischschwarm hinterher. Wenn die glotzäugigen Köpfe der Fische durch die silbrig glänzende Wasseroberfläche stoßen und ihre Schwänze in rhythmischen Bewegungen das Wasser in strudelnde Kreise verwandeln, kann man sie hören, die zarten Töne der Violine, denen man mit wachsweichen Knien entgegenläuft, hin zum Orangenbaum, dessen reife Früchte die Sinne benebeln. Nur zu, das Bild ist greifbar nah. Das kleine Äffchen hat sich in den Zweigen des Baumes ein Nest gebaut. Darin steht es und wiegt sich im Takt und schaut den Tanzenden zu, die sich an den Händen halten und schwerelos um den Orangenbaum tanzen. So soll es sein, weich und warm in sicheren Armen.

Der Reigen
Sie sind zu Dritt
Vater, Mutter, Kind.
Ein schönes Bild.
Tanz, Anna, tanz.

Die Wahrheit ist:
Sie haben über dein Schicksal hinweg gelebt.